異世界に
転移したら山の中だった。
反動で強さよりも快適さを選びました。
4

パウディル=ノート
アーデルハイド家に仕える、アッシュの執事。人当たりはよいが、実は腹黒い性格。
ジーン
姉の勇者召喚に巻き込まれ、異世界に転移した大学生。物を作るのが大好きで、手を抜かない性格。人に束縛されるのは嫌だが、世話好きな一面もある。
アッシュ/アーデルハイド・ル・レオラ（レオン）
アーデルハイド家の長女で、冒険者ギルド所属。一見すると男性に間違われるが、一応女性。寡黙で律儀、ちょっとずれている天然系。
大福（ホワイル）
猫の精霊。防御結界を張ることができる。
主な登場人物

アウロとキール
双子と思えるほど容姿が似ている二人。微笑んだ表情とおしゃべりが特徴のアウロ（金）、ポーカーフェイスなキール（銀）。
ソレイユ
破綻した商会の娘で、商売大好きお仕事人間。ジーンの行動によく叫びながら泣いている常識人。
ファラミア
ソレイユの紹介でやってきたメイド。無口で冷静、ソレイユ以外には冷淡。以前、不遇な扱いを受けたために人間不信に陥っている。

Contents

異世界に転移したら山の中だった。反動で強さよりも快適さを選びました。4

じゃがバター

イラスト
岩崎美奈子

1章　お披露目と自分の島

カヌムの家に【転移】。

今日はエクス棒でウサギ穴をすぼっとやる予定で、早く出てきた。外に出る前に大福の姿を探して3階を一度覗《のぞ》き、お留守だったので魔の森に出発……

「おう、熊の兄ちゃん。急ぎじゃないなら森に行くのはやめとけ、これでもかってほど降ったから、足元が酷《ひど》いぞ」

……しようと思ったら、門番に止められた。

こっちは薄曇りの日が多く、まとまった雨は珍しい。いつもならすぐに地面に吸収されてしまうのが、水たまりを作ってるだろうって。自然相手はままならないことが多い。

お礼を言って戻る。門に何人か交代で詰めている中で、出入りする人に一言二言、毎回声をかけている人だ。これがあるから出入りに気を使う。俺には不都合だけど、犯罪防止にはいい方法だろう。——あとで何か差し入れでもしよう。

「ずいぶん早いな、声をかけるのが遅れたか」

裏口から家に入ろうとしたら、隣の扉が開いて、ディノッソが顔を出した。

「エクス棒を試すんだろ？　明後日《あさって》くらいにみんなで行かね？　ローザの関係者が全員移動して3日経つし、そろそろ精霊剣を試しに行く話なんだが」

「行く」

執事とレッツェの言うことには、ローザたちのパーティーって、普段は魔の森とか氾濫《はんらん》が起きそうな場所での活動が多いけど、今回は金策で迷宮に向かったそうだ。迷宮の魔物は魔石を持ってる率が高いので、金が貯《た》まりやすい。

なお、彼らが人の生活域に近い場所で活動するのは、人々の心証《しんしょう》をよくするためだろうって。名を売るために迷宮の下層まで潜ったこともあるみたいだけど、国の復興を目指してる人は気にするところが違うな。

「ジーン！　お茶飲んでって〜」

「お茶〜」

「おやつ〜」

ディノッツォの子供たちに誘われる。おやつって江戸時代の刻限で午後2時から4時頃までを指す「八《や》つ」だけど、こっちでもおやつなのか。【言語】ってどうなってるんだろうな？　今更ながら考えつつ、誘いに乗る。

「お邪魔します」

「いらっしゃい。──しょうがない、もう焼きましょうか」

「わーい！」

子供たちが両手を上げて喜ぶ。どうやらお菓子の仕込みをしていたらしい。その証拠に、奥から姿を見せたシヴァの手が、粉にまみれている。タネだけ準備して、あとで焼くつもりだったのかな？

ディノッソと話しながらお茶を飲む。ついでに子供たちの字の勉強に付き合う。この世界には、俺の知るだけでも5つくらいの言語がある、でも元はみんな一緒。大昔にルフが使っていた「精霊言語」もしくは「ルフ語」と呼ばれるもので、そこから地方ごとに派生したと言われている。

今でも神官や貴族、商人は、ルフ言語を勉強する。共通語の扱いだな。精霊の力を借りるため、正式に語りかける場合はルフ語のさらに古語を使い、これは「魔法言語」とも呼ばれる。

精霊には大抵の言葉が通じるし、精霊も話せるのだが、ルフの古語は精霊の耳に心地いいらしく、力をよく貸してくれるのだそうだ。

で、それを勉強中。──だけど、なんか子供たちがぽかんとしてる。

「お前……」

ディノッソが呆《あき》れた顔でこっちを見ている。

「なんだ？」

「全部を古語で話すのやめろ。わかる言葉で話せ」

……。やばい、自分で何語を話しているのか意識しないとわからない！【言語】さんたら便利すぎ！

「古語は断片的な単語しか残ってないんだからな？」

念押しするディノッツソから視線を逸《そ》らす俺。

「はい、はい。焼けたわよ、お茶を淹《い》れてちょうだい」

シヴァが焼きたてのパイを丸い盆に載《の》せて台所から出てくる。

「わーい！」

子供たちが白墨《はくぼく》を投げ出してシヴァに群がる。

「手を拭《ふ》こう、手」

こっちの人たちって、食う前に手を洗わないんだよな。井戸から汲むの面倒だし、気持ちはわかる。それに井戸水自体が怪しい。なので最近は、熱いおしぼり推奨中。

俺が茶を淹れている間にシヴァがパイを切り、子供たちの皿に一つずつ分けている。

「いただきます」

焼いたパイはカボチャだそうだ。

「このカボチャ、不思議だな」

パイの具はなんかオレンジ色の紐《ひも》みたいだった。

「糸カボチャよ。夏の終わりに収穫して、ジャムにしたの」

そういえば日本にも、そうめんカボチャとかいうのがあるって、何かで読んだような気が。それもさっぱり系の料理に使われていた気がする、味はこのカボチャに近いのかな？

こっちのカボチャは甘みが少なく、水分が多くて粘質で、香りがある。シヴァのジャムは絶妙で、金色の糸のようなカボチャがつやつやで綺麗《きれい》。歯ごたえがしゃりしゃりして面白い。でも、お菓子にするなら断然、日本で出回ってた甘いカボチャだなあ。

予定外だったけど、久しぶりに子供たちと遊んで癒《いや》された。純粋でいいな。


エクス棒を試せなかったので、家に戻って広い3階に上がり、色々なものを詰めた小箱をたくさん用意。蓋《ふた》の代わりに紙を貼る。屋根裏部屋を作ったので、カヌムの家の3階は作業場になった。リシュを呼ぶと、何をしているんだろうといった風に、じっと作業を眺めている。

「エクス棒！」

「はいよ、ご主人！」

ぽんっと、棒の先からエクス棒が現れる。

「ごめん、コンディションが悪くて外に行けなかったから、家で物当てゲームをしよう」

「おう！」

そういうわけで、本日はゲームをする。箱をエクス棒の先でぼすっと破り、ツンツンして中身を当てるゲーム。中身を当てるよりも、ボスっと穴を開ける方が気に入ったエクス棒にねだられて、しばらく穴開け作業をした。

最終的にリシュも参加したので、なんか紙を大量に破りまくった。今度、格子状の枠に紙を貼ろうかな。猫の障子《しょうじ》破りを思い出した俺だ。


「おお。着々と集まってるな」

島では、材木などが着々と納屋《なや》に運び込まれ、積み上げられている。

「雨ざらしになっていいものは、現場近くに運んでもらっております」

金銀の説明を聞きつつ見て回る。

石や材木を加工したり、まだ下準備の方が多いので、進んでいるようには見えないけど、崩れた壁などはすでに撤去され、城塞《じょうさい》にある船の発着場の修繕も始まっている。

島の桟橋《さんばし》も直したけど、重いものとかは城塞に直接運ぶ方が楽だし。使える壁や床は再利用する方向なので、一から作るより期間は短いはず。日当は低めに、出来高報酬《ほうしゅう》は高めにしている。早く綺麗に作ったら職人も儲《もう》かるので、頑張って欲しい。

「住民には石積みを作らせている」

この島は山というか、白い石灰岩の崖《がけ》みたいな場所が多い。そこに火山灰が積もった土が載ってる感じ。平らな場所が少ないので、土留めに石垣を作って斜面を崩し、平地にする。

木がほとんどないから腐葉土《ふようど》は期待できないけど、土に栄養があるし水はけがいい。道理でこの辺に葡萄《ぶどう》畑が多いはずだよ。最低限の自給自足はできるようにしたいので、頑張って土地を改造しよう。家から見た風景的にもおっきな木が欲しいし。

「ところで、10番納屋に入っているあの大量のガラスは……？」

「ああ、窓用に。赤い布がついてるのは指定の場所に使ってくれ」

一応、ガラスを入れた納屋には鍵をかけてある。

「あの大きさ、歪《ゆが》みの少なさ。恐ろしく金がかかってそうだな」

「一体どのような資本をお持ちなのでしょうか……」

頑張って作ったんですよ。

「金をかけるのはいいが、こっちの夏はこれでもかというほど暑いぞ？」

「それは大丈夫」

銀の言う通り、ナルアディード周辺の建物の窓は小さめで、鎧戸《よろいど》付き。陽の光を入れるというより、換気のためについてるっぽい。

でもここにあるガラスは、精霊たちのお陰で断熱効果の付与がすごいので問題ない。あと、ヴァンに手伝ってもらったガラスに至っては、断熱に加えて石壁より丈夫という反則的なものになっている。赤い布を目印につけているのはヴァンのガラスだ。

断熱効果がすごすぎて、家に温室を作ることを考えてたのにダメっぽい。いや、中に暖炉《だんろ》を設置すれば暖かいままなのか？　あとで考えよう。どちらにしろこの島は暖かいので、温室は必要なさそうだ。

「予定より捗《はかど》ってるし、職人も多いな」

「あとで賊《ぞく》などに図面が渡らぬよう、区画ごとに作業を割り振る予定です」

「引き渡し後に、格子をつけて通路を塞《ふさ》いだりな」

いや、そこまで厳重にしなくていいんですが。

「ありがとう、これ報酬」

さすが、忍び込みの本職だなと思いつつ、お金とお菓子袋を渡す。

相変わらず銀は、金袋には見向きもせずにお菓子袋をさっと確保。本日のお菓子はゴマのスティックパイ。

「この菓子を2倍に増やすことは可能ですか？」

金がちょっと困惑気味に微笑んで言ってくる。

「なんだ？　食い過ぎは太るぞ？」

菓子で飯《めし》を済ますのは反対です。

「一つ分けたら、アウロも味がしたそうだ」

「いいものかどうかの判別はつきませんが、興味深い。菓子を増やして、私の分の報酬を少々下げていただいても構いません」

「俺の分も下げていい」

ああ、２人分か。いや、そもそも2人分のつもりで渡してたんだけどな。銀が独占してるのはうすうすわかってたけど。

「それくらいなら別にいいけど」

肩掛け鞄《かばん》に手を突っ込んで、菓子袋を取り出す。

「2袋あるから、１袋は島の子供たちに分けて」

今のところ、逆に早まりそうなぐらいのペースで計画通り進んでいる。いいことだ。

「これからどうするんだ？」

「ナルアディードに戻って、ちょっとそぞろ歩いてから戻る。生地を少し買いたいな」

夏用の服を作りたい。

「ついてゆく」

なぜか銀がついてくると言い、船頭を手配。まあ、村の暇《ひま》そうな老人なんだけど。

「食い意地を抑えられるか、少々自信がないからな」

おい。大人！　どうやら子供たちに分けたくない、菓子への誘惑《ゆうわく》に打ち勝つためだったらしい。金もすごく微妙な顔してるぞ、おい。


銀とナルアディードを歩く。すでにナルアディードの隅々まで把握しているっぽくて、案内に抜けがない。

優秀だな。なんか、精霊憑《つ》きの誰かが焼いたクッキーですぐ買収されそうだけど。

今の流行《はや》りは、ドレスと靴の素材、宝飾品、食い物。なんかどっかの勇者がご所望《しょもう》だそうで、周辺の国々もご機嫌取りで取り寄せてるらしい。そういうわけで、珍しい布やレースは天井知らずの値がついていたけど、普通の布はそこそこの値段で、種類が多かった。

「こっちの青ってくすんでるな」

「鮮やかな青は、精霊憑きの染色師しか色を出せません。鮮やかな染料に心当たりがあるのならば、ひと財産ができるかと」

人前では言葉遣《づか》いが大人しくなる銀。俺の荷物を持つという態度の変わりよう。

「そうなのか？」

「絵画で青を出すラピスラズリは金より高価ですし、絵の中の青を纏《まと》う人物はほとんどが貴人です。鮮やかな青の服は憧《あこが》れの的ですが、絵画の青は鉱石であるが故に布の染料には使えません。染められる染色師も少ないので余計ですね」

精霊憑きの染色師が染めると、このくすんだ青も絵画の中のような発色のいい青になり、むちゃくちゃ高価なのだそうだ。しかも、その染色師を教会が囲っていたりする。各精霊を表す色にこだわってるんだそうな。大体は教会のお偉いさんの服の生地を専属で染色していて、ますます世間に出回らないらしい。

「いや、普通に藍《あい》を売っているのを見かけたんだが」

銀と話して、こちらでは藍玉を鉱物だと思い込んでることが判明。服の染料に使おうとは全く思い至らなかったようです。まあ確かに藍玉は黒の土塊《つちくれ》状でかっちんこっちんだけれど、これは輸送に便利だからだ。

「藍を広めたら、染色師の収入に響くか」

教会とか組織が絡んでくると面倒そうだし、職にあぶれさせるのも後味が悪い。

「いえ。精霊憑きの染色師がその藍とやらで染めれば、もう一段よいものができるのは確実ですので」

なるほど。冒険者や貴族には鮮やかな色が許されてるし、平気かな？　平民に許されてないというのは建前で、高いから買えないが正しい気もするけど。まあ、いざとなったら、染色師に島で就職してもらえばいいか。

「じゃあ、今のうちに藍玉を買い付けておくか」

「手回ししておきましょう。製品が出回るまでは秘密裏《ひみつり》に運びます」

「頼む」

それにしても思い込みって怖いね！　というか、何に使うのか調べてから輸入しろよ。ジャガイモも花の観賞用という認識がまだ強いし、トマトは毒だって言うし、認識の違うものがたくさんあるので時々戸惑う。

◆◇◆◇◆

本日は森で、精霊剣のお試し。

「ルタ、よろしく」

街の近くや冒険者がよくいるところでやるわけにはいかず、馬で適当な場所に移動する。

気候がよくなってきたので、昼食と遠乗りを兼ねて、アッシュと外でお弁当を何度か経験。

乗馬が少し上達したような気がするけど、基本はやっぱりルタ任せだ。

「相変わらずだね、ルタは！」

クリスの言うように、ルタは俺の気配を感じると、馬房《ばぼう》を破り、柵《さく》を乗り越えて、俺が受付を終える前にはやってくる。ルタを預ける金に修繕料をまた上乗せした。

「いい日和《ひより》だ」

アッシュが嬉《うれ》しそう。あんまり表情が変わらないけど、馬に乗るのは好きなようだ。

街道からウサギ穴の草原を回避して、森に入る。しばらく進むと、木々に埋もれた狼煙台《のろしだい》、鳩小屋。森の中の割に足元がいいと思ったら、どうやら前は人がいた場所だったようだ。

特にどこまで行くと決めていなかったので、適当に開けた場所で馬から降りた。ちょっと休憩してからお試し。

「ルタ、魔物は少ないみたいだけど、出ないわけじゃないから気をつけてな」

ぶるるっと軽く鼻を鳴らして顔を寄せてくるルタ。水を飲ませ、塩分補給用の岩塩を設置。

「相変わらず甘やかしてやがるな」

馬の世話を終えたディノッソが呆れたように言う。

「うむ。そのうち蹄鉄《ていてつ》も作るようになるのではないかと思っている」

アッシュまで同意した。

「普通だろう」

ルタが同意するように鼻先に皺《しわ》を寄せ、歯を見せる。顔をもたげて笑っているような表情。

「あー。普通の馬だったらなんか臭《にお》うのかと思うとこだが、コイツは完全に笑ってやがるな」

ディーンが半眼で言う。馬のこれは普通、猫のフレーメン反応と同じものだ。

「相思相愛でいいこった」

自分の馬の手入れを終えて、焚《た》き火の準備のために石を拾い始めたレッツェ。

「薪《たきぎ》、拾ってくる」

お仕事しなくちゃね。

「私、お水汲んでくる！」

「おしっこ！」

「お……、いたっ！」

双子がティナにゲンコツを食らっている。一緒に行動せずに散るのはトイレタイムだからだ。

ディノッソかシヴァがついてるけど、このあたりの魔物は強くないので別行動。

俺もトイレを済ませ、エクス棒で草や荊《いばら》を払いつつ、適当に枯れ枝を拾う。火口《ほくち》になりそうな枯れ草も少々。

戻った時には枯葉を避けて地面が均《なら》され、石積みされて、すでに火をつけるばかりになっていた。火が揺らいだり消えないように壁で風を避《よ》け、同時に薪に風を送ってよく燃えるように通路を作る理屈はわかるんだけど、レッツェが作るのと俺が作るのとでは効果が段違いなんだよね。なんでだ。

薪が集まったところで着火。火打ち石で火種を一発で作れるレッツェってすごいと思う。執事は相変わらず優雅にお茶の用意。道具は外用で繊細さとほど遠いのに、こっちもさすがだ。

この世界では、水をそのまま飲むことがほぼない。水筒は持ってきてるけど、中身は度数の低いアルコールなことがほとんど。火が熾《おこ》せるなら白湯《さゆ》かお茶を飲むか。

お茶はピンキリ。レッツェが前に採取したよくわからん草の茶は、スースーして泥臭《どろくさ》くて勘《かん》弁《べん》していただきたかった。体を温めるのにいいらしいんだが、不味《まず》いものは不味いのだ。

「さて、じゃあやるか。俺からでいいか？」

水分補給と休憩が済んだところで、ディノッソが立ち上がって言う。期待に満ちてキラキラして頷《うなず》いてるディーンが若干気持ち悪いが、だんだん慣れてきた。

ディノッソの剣は、全体的に黒で、装飾が施されたガード——日本刀でいう鍔《つば》の一部——と剣の先は焼けた鉄のオレンジ。

「はっ！」

ディノッソが剣を軽く振り、大気を斬り分けるたび、刀身から炎がこぼれる。

ディノッソが魔力を込めたらしく、手元から刀身へ炎が伸び上がり、円のように広がる。

「おお！　格好いい」

「派手だな、おい」

「美しい！」

ディーン、レッツェ、クリスの３人がそれぞれの言葉で賛辞《さんじ》を送る。

「お父さん格好いい～！」

「かっこいい～～！」

「かっこい～！」

「お父さんはカッコイイのよん」

剣を肩に担《かつ》ぎ、上機嫌でおどけて子供たちにウィンクをかますディノッソ。

「あらあら、嬉しそうね。お母さんのはこんな感じだわ」

ディノッソは一人稽古《げいこ》のように剣を振るったが、シヴァはその場で振り下ろすだけ。氷属性の、優美だが鋭く尖《とが》った剣。白い刀身から氷の粉がこぼれ、キラキラと輝く。そのまま魔力を入れたらしく、刀身から冷気が吹き出し、薄い氷が現れてすぐに割れる。割れた欠片《かけら》は薄く鋭い氷の刃。結構殺傷《さっしょう》能力が高そうなのに、シヴァがほんわかした笑顔のままなのがまた。

シヴァのもう一振りの剣と、執事の剣は、本日はお披露目《ひろめ》なし。

「ノートもパスなのか？」

「暗器《あんき》でございますので。効果を披露するのはそぐわないかと」

ディーンの言葉にさらりと答える執事。そうだな、暗器って、武器ごと能力を隠しておくものだな。存在と効果が周囲に知れてちゃ価値が半減する。

あれ？　シヴァのもう片方も暗器扱いなのか……。確かにエナジードレインというかレイスにも効くから、精気を奪い取るんじゃなくって運動エネルギーを奪い取る？　よくわからんけど精神体にダメージを与える系の剣だ。

「次、私！」

笑顔で執事たちを見ていたシヴァと目が合って、ちょっと明後日な方を向く俺の姿。

ティナが広いところに進み出る。

「えーい！」

両手で振りかぶるとハンマーがドーンと膨《ふく》らみ、振り下ろす時には、小柄とはいえ持ってるティナより大きいくらい。ヘッド部分が地面をへこませたところで、大きさが元に戻る。

「なぜ膨らむ。いったいどういう理屈だ、あれ？」

「知らん！」

「ぶっ！　おい、製造者！」

レッツェに答えたら、ディーンが吹き出した。

「可愛らしいと思う」

「私も同意するよ！」

アッシュとクリス。

「ずれてる、感想がずれてる！」

ディーンが煩《うるさ》い。

「だからなんで伸びる？」

エンとバクの武器を見て、まだ納得していない様子のディーン。

「早々に諦《あきら》めた方が楽でございます」

執事！　納得と諦めじゃ、だいぶ心証が違うから！

「俺の剣の効果は王狼《おうろう》の劣化版つーか、俺の魔力が足りないんだろうなこれ」

ディーンは斬るというよりは殴《なぐ》るなので、ディノッソの剣も分厚いけど、さらに輪をかけて重量感のある大剣《たいけん》にした。大きさの対比もあるだろうけど、溢《あふ》れた火はディノッソのに比べるとちょっと貧弱。

「ふふ！　私のこの華麗な剣を見てくれたまえ！」

クリスのレイピアは、振るうたびに光がキラキラと飛び散る。そして魔力を込めると、あたりが真っ白になるほど輝く。

「ぐああああっ」

「うおおおっ！」

予想できたんで、俺はアッシュを背に腕で目を覆《おお》ってノーダメージ。地面に転がっているのは、剣を振るったクリス、そしてディーン。子供たちはディノッソとシヴァにしっかり庇《かば》われている。レッツェはさすがのソツのなさ、予想してたんだろうな。

「火と違い、方向性を持たせられないのは不便ですな」

執事は言わずもがなの涼しい顔。

「感謝する。む、私の番か」

俺に礼を伝えつつも、地面でごろごろする2人をスルーするアッシュ。まあ、俺が家でやらかした焼けるような白い光ほど強くないし、2人は大丈夫だろう。でも念のため、あとでそっと【治癒】かけとくか。

アッシュが進み出て、剣を振るう。

ボンキュッボンにはほど遠いけど、キュッとはしたなキュッとは。夏向けの服を渡したら、今までの服を預かってサイズ直ししよう。

刀身を薄く覆った水が飛び、鋭利な刃物のように近くの枝を落とす。

「少しブレた。練習が必要のようだ」

剣を納めて怖い顔のアッシュ、水の刃の軌道が気に入らなかった模様。

「遠距離攻撃っていいよな。しかも素材が損なわれねぇ」

そういえばディノッソの火は、素材を台無しにする可能性が。ディーンのもだけど。燃焼ダメージもあるし、戦うには火の方がいいんだろうけど。

「さて、俺か」

レッツェの剣がやる気を見せて、わさわさと緑の蔦《つた》が出てきた。

「いや、待て。ディーンとクリスから魔力を吸おうとするのはやめろ」

伸びた蔦が、目頭を押さえて座り込む2人にわさわさし始めたのを、レッツェが止める。

「その……、剣を振るう必要はないのか」

「ないみてぇだな」

怪訝《けげん》そうに聞くアッシュに答えるレッツェ。

「気配なく忍び寄る植物の蔦ですか。なかなか便利そうですな」

「発動は俺の意思だけど、そのあとは結構好き勝手するぞこいつ。俺が魔力を自分で使えねぇからかもしれんけど」

音もなくするすると戻ってきた蔦が、レッツェの腕に絡みついている。

「よく懐《なつ》いてるっぽい？」

「ちゃんと水やりしてるからな」

レッツェなら甲斐甲斐《かいがい》しく世話を焼いてそうだ、植木鉢に刺さった剣に。

「最後は俺か」

さて、進み出てはみたものの、どうするかな？

「なんだ？　それもジーンが作ったのか？」

復活したディーンが聞いてくる。

「枝に見えるけれど、削り出したのかね？」

クリスがまじまじとエクス棒を見る。

「ずいぶん整った枝だとは思うが……、削ったようには見えない」

アッシュが言う。

「ふっふっふっ。ただの棒じゃないのだよ、エクス棒！」

「おう！　ご主人！　オレはコンコン棒ＥＸ！　愛称はエクス棒だ！　ただの棒でもいいぜ！」

ただの棒でもいいのか、さすが精霊のアイデンティティ。

棒の先から現れたエクス棒に固まる何人か。知ってる３人は顔を逸らしていたり、口元を覆ってため息を飲み込んでいたりする気配。

「精霊憑きの棒——変わっているな」

アッシュは通常運転。

「わー！　可愛い！」

「精霊だ、精霊！」

「こんなにはっきり初めて見た！」

子供たちは驚きで目を丸くしていたけど、すぐにわいわい集まってきた。

「おう！　オレ様は強いぜぇ！」

えっへんと腕組みするエクス棒。

「ノート、エクス棒を持ってるから、断ってくれるか？」

「…………エクス棒様を、ですか？」

「うん」

「……」

笑顔で固まって動かない執事。

「私が代わるわ。判断に迷うなんて、ノートにしては珍しいわね」

引き受けてくれたシヴァ。

「いや、え？　やるのか？」

「あなたもおかしいわよ？　ジーンに斬りつけるわけじゃないんだから」

挙動不審《きょどうふしん》なディノッツソに、不思議そうなシヴァ。目を逸らしているレッツェ。

「さあ来い！」

「えい！」

「あああ……っ」

たぶん本気ではないのだろう、ずいぶん軽いかけ声と共に、剣を真っ直ぐ振り下ろすシヴァ。

そして誰かから上がった、野太い悲鳴。

「……っ！　しびしびする」

エクス棒は傷一つないけど、支えていた俺の手が肘《ひじ》のあたりまで痺《しび》れた。

「まあ！」

「心臓に悪うございます」

驚くシヴァ、胸のあたりを押さえている執事。座り込んでいるディノッツソ、呆れた顔をしているレッツェ。

「こん中で一番斬れ味がよさそうな剣なのに、すげぇなおい！」

「ああ。よかった、ディノッツソの大剣じゃなくって」

これ以上の打撃が来たら俺の腕が持たない、【治癒】が発動してしまうところだ。金ランク、すごいよ金ランク。

「知らないって幸せだな……」

レッツェがなんか呟《つぶや》いた。

お披露目を終えたところで、ちょっと遅い昼。

ソーセージを焼いて、ホットドッグパンに挟《はさ》む。ちょっとはみ出すくらいが正義！

「辛《から》いのダメな人～？」

「はーい！」

エンが手を上げる。

「じゃあ、ちょっとな」

マスタードを少し、代わりにケチャップをたっぷりスプーンでかける。専用の容器が欲しいなこれ。家で刻んできた玉ねぎ、キュウリのピクルス、ビーツのピクルス。他にザワークラウト、溶けやすいチーズ、チリビーンズ。

「ほら、あとは好きな具載せろ。チーズは焚き火で溶かしてかけるといいぞ。大人どもは自分でどうぞ、こっちのやつは辛いから気をつけて」

キュウリのピクルスを刻んだものに似てるけど、ハラペーニョなので注意をする。飲み物はコーラといきたいところだけど、コーヒー。パンの表面は薄くカリっと、中はふわふわ、じっくり焼き上げたソーセージ、ケチャップとマスタード、玉ねぎとピクルスを崩れる寸前まで盛ってがぶっと。幸せ、幸せ。

「いいなこれ、楽しい」

子供たちが気をつけつつも具材をこぼし、わいわいしながら挟んでる姿を見てディノッソ。

「食べやすいのもよいですね」

「何より美味《おい》しいのだよ！」

復活した執事と、相変わらず身振り手振りつきで大げさなクリス。

「すげー、精霊が固形物食ってんの初めて見た」

「うむ」

エクス棒に目が釘付《くぎづ》けのディーンとアッシュ。

ホットドッグも、エクス棒が好きなジャンクカテゴリーに無事入ったらしい。だがしかし、その口はどうなってるんだ？　顎《あご》からはみ出してないか？　ジンベイザメ方式？

大口を開いて、自分の胴体くらいあるホットドッグをがぶっとやってるのを見ると、どうなっているのか構造を知りたくなる。口も胃も大きさが足りてない気がするんだが。

「冷静に考えると、俺にも見えるし剣で斬れないし、相当強い精霊だろうとは思うんだけど」

思うんだけどなんだ？　ディーン。

「ジーンの連れてる精霊って、ワンコといい、この棒といい、反応に困る」

「何も困らないだろう？」

「いや、まあ何も変わんねぇけどよ」

そう言ってちらっと執事を見るディーン。執事はなんで目頭を押さえてるのか。


食後は、ちょっと魔物を探して周辺を探索。前半戦、俺は馬の番。ルタのブラッシングをして、他の馬にも軽くブラシをかけて、ルタのブラッシングをして、他の馬に軽くブラシをかけて、ルタの……。

「ジーンはマメだな」

自分の馬にブラシをかけながら、隣でアッシュが言う。1頭終わると、自分の番だって顔をしてルタが目の前に来るもんだからつい。

「出会った時は、変な奴だとは思ったけど、こんなに甲斐甲斐しい奴とは思ってなかったな。つんけんしてたし——まあ、俺と妹が原因だったたって今ならわかるけど」

同じく、馬にブラッシングしているディーン。リシュの時といい、結構動物好きらしい。他に残っているのはクリス、レッツェ。なお、執事は「魔物に八つ当たりしてまいります」という笑顔で言い残し、先発隊に参加。

「あの頃は解放された直後で、全く我慢するつもりがなかったから。悪かったな、あの時また森で会えてよかったと思ってるよ」

姉のお陰で、基本、人は信用ならなかったし。

「お前……。ルタにもしゃもしゃされながら言われてもな。それで、今は我慢してるのか？」

視線を逸らして自分の髪をくしゃくしゃするディーン。

「いいや？　自由に生きてるだけだな」

俺はルタに現在進行形で、くしゃくしゃもしゃもしゃ髪を食《は》まれている。

「私も、森でジーンに再会できてよかったと思っている」

「ありがとう」

アッシュの言うことは、毎回ストレートでちょっと照れる。すごい難しくて怖い顔だったりするので、一瞬思考にも返す言葉にも詰まるんだけど。

「俺もよかったよ、精霊のことを抜きにしても」

ブラシを持つ手元に目を向けながら、ボソッと言うディーン。

「何かね、青春かね!?」

「いや、青春は歳《とし》で引っかかるだろ」

ディーンの声より、抑えてるつもりらしいクリスの声の方がでかい。クリスとレッツェの2人は、そばに生えていた薬草を採取し、より分けている。

「俺が呆《ほう》けてた時の詫《わ》びをしてただけだっつーの。……先発隊が戻ってきたぞ」

ディーンが言い終わる前に、ディノッツォたちが姿を見せた。

「ただいま〜」

「たっだいま！」

「ただいまっ！」

子供たちが駆けてきて、その後ろにシヴァと、なんか疲れた感じのディノッツォ。

「アッシュ様、ただいま戻りました」

最後に笑顔の執事。

「すっきりしたのかね？」

「ええ」

「ならよかった」

主従の会話は淡泊だけど、ディノッツォがそんな2人を「よくねぇ、よくねぇよ」という目で見ている。何かあったというか、執事が何かしたんですかね？

「苦労性だな、ディノッソ」

「半分以上はお前のせいだからな!?」

「参加すらしてないのに!?」

理不尽!


入れ替わりで、後半組の出発。エクス棒でコンコンガサガサしながら森を進む。

「楽しそうで何よりだが、あんま音立てんなよ?」

レッツェに叱られました。

「はーい」

進むことが目的じゃなくって、魔物か獲物を探すのが目的なのでまあ当然だろう。この辺の魔物は、5人の集団に自ら寄ってくるほど強くはないし、寄ってこないだけの頭もある。

先発組は大雷鳥《おおらいちょう》と魔物化した山鶉《やまうずら》を数羽獲《と》ってきた。大雷鳥は雉《きじ》と七面鳥《しちめんちょう》のかけ合わせみたいな鳥、アガサ・クリスティの小説でポアロが食べ損ねた、赤雷鳥もいるのかな?

「……珍しいな」

「ん?」

手で止まれと指示して、小声でレッツェ。

「子鹿……ツノがあるな」

ディーンが目を細めて、レッツェの視線の先を確認してる。どうやら魔物らしい。魔物は滅《めっ》多《た》に子供を産まないから、子鹿の魔物は珍しい。ついでに美味しいらしい。

「ちょっと距離があるね！」

小声でもアクセントが強いクリス。開けた場所にいて、近づくのは難しいかもしれない。

「この距離では外す」

そう言ってアッシュが難しい顔をする。水の刃を飛ばす練習をするのを見たが、魔力をたくさん込めると、飛距離は延びるけど真っ直ぐ飛ばずにブレてしまい、正確に当てられるのは10メートルちょっとくらいまでのようだ。子鹿までは30メートル以上あるだろう。

「俺は届くかな？」

レッツェがそう言って剣を抜く。2、3本出た蔦のうち、するすると伸びてゆく1本。もっとわさわさ出せるけど、1本だけの方が距離は稼げるらしい。

「あ、ダメだ。これ以上吸われたらやばい」

どうやら魔力不足の様子。

「私の魔力を貸そう！」

そう言ってクリスが剣に触れようとしたら、残ってた蔦が引っ込んだ。

「……ダメなようだね？」

「そうなのか？」

レッツェ専用の武器ってわけじゃないと思うのだが。お披露目の時は吸おうとしてたし、自分から吸うのはいいけど、吸わされるのは嫌なのかな？

「ん？」

試しに手を伸ばしたら、蔦が1本絡んできた。元気のなかった蔦が勢いを増して子鹿に向かい、絡め取る。

「製作者だからだろうか？」

「単に懐いてるかどうかじゃね？」

アッシュとディーンが言う。なんかさわさわと葉が動いて、心なしか嬉しそうな蔦。

「――私もあとで水やりをさせてもらっていいかね？」

「そういう問題なんだろうか」

クリスがおずおずと聞き、レッツェはなんか渋い顔。

「精霊剣は、精霊との相性。好かれているかどうか、そういう問題なのだと思う」

「まあ、諦めろ」

アッシュが真面目《まじめ》な顔で言い、ディーンが笑いながらクリスの背中を軽く叩《たた》く。子鹿はディーンがトドメを刺して美味しい肉に。

その後、ツノありの大雷鳥も出たのだが、ディーンが丸焦げにしたので持ち帰れず。

「うーん、火は、威力はあんだけど素材がなあ。普段は魔力込めねぇで、いざって時だな。強敵に立ち向かう機会を目指して練習はすっけど――王狼、格好よかったなあ」

剣の練習というか、ディノッソの剣を真似る練習を始めそうだぞ、こいつ。子供がヒーローの技のモーション真似るみたいな何か。

「私のこの剣は、洞窟や迷宮での光源によさそうだね。目くらましとして使うには、自分も眩《まぶ》しくて敵から目を離すことになるからなかなか難しい。レイスやアンデッドに効くかは未知数だけど、ロマンだね！」

癖のある剣を贈《おく》ってしまったと思ったが、ロマンなのか。よかったのかな？

それぞれが1回ずつ魔物相手に精霊剣を試したあとは、思う存分コンコンコンしろってことでコンコンしてます。

「お？」

ガサガサと落ち葉を掻《か》き分けていたら、キノコ発見。

「リーユか。そういえば季節だな」

「ああ、前にキノコもらった時、次に採《と》ってくるって言ってたやつ？」

【鑑定】結果は、アミガサダケの仲間だそうだ。

「そそ。こいつも美味しいぞ、生では食えねぇけど」

ディーンがそう教えてくれたけど、むしろキノコの生食文化に慣れない俺だ。

「似たキノコにエルプというのがあるけど、そっちは香りがイマイチで値段も安い。こっちは高く売れるぞ」

レッツェがガサガサやって、新しいリーユを見つけながら進む。なるほど、ちょっと他より盛り上がってる落ち葉をガサガサすればいいのか。レッツェの探し方を参考にガサガサ。

リーユは蜂《はち》の巣のような網目模様の傘で、中は空洞、傘と柄《え》がくっついているというか、傘を広げてるんじゃなくって上の方が網目になっている感じ。エルプは、傘が柄の上部から下に向かって広がっている。

エクス棒でコンコンじゃなくガサガサして、リーユを探す。途中、飛び出してきたガマガエルの魔物をドスッとやりつつ、結構な収穫。

「エクス棒便利だな」

「いいだろう？」

座り込んでガサガサしなくて済むし、魔物が飛び出してきても対応可能！

リーユを山ほどと子鹿を抱えて戻る。

「なるほど、そういえば季節でございました」

執事がお茶を淹れて待っていてくれた。

「あらあら、大収穫ね〜」

カヌムに帰ったら、俺がリーユのクリームパスタを作って、シヴァが山鶉のパイ包みを作ってくれることになった。全員で食卓を囲みたいところだが、あいにくそんな広さはないので、できたら取りに来てもらうことにする。

もう2階の客室潰《つぶ》して、食堂みたいにしちゃおうかな？　どうせ泊まりに来る奴いないし。

◆◇◆◇◆

コンコン棒EXを持ってコンコンしたり狩りに付き合ったり、足りないものを作ったり、島に木を植えたりしてたら、あっという間に夏になった。

「リシュ、水門開けたから、こっちの方が涼しいぞ？」

日差しが届かない隅にいるリシュを呼ぶ。

湿度の低い、からりと晴れた日。俺には快適なのだが、リシュにとっては暑いようだ。弱ってるってほどではないけど、冷たい床の感触を最大限楽しもうと、手足を伸ばしペッタリ腹をつけて伏せている。

部屋の下を通る水路の点検を終えて、午前中に水門を開けた。素材が分厚い石なので少し時間がかかったけど、他の場所よりもひんやりしてきた。

暑さを避けて、リシュの散歩の時間がどんどん早くなっている。昼寝するからいいんだけど。

さて、今日はカヌムの２階の仕上げだ。【収納】で簡単にのけられるし色々楽なんだけど、自分の計画性のなさで壁を作ったり壊したり、我ながら落ち着かないことこの上ない。

暑さは島、俺の家、カヌムの家の順。カヌムはどちらかというと寒さが厳しいので、暖炉周辺以外は板張り。３階は普段人がいないし、暖炉の関係でタイル張りだけど。

２階に元々あった暖炉は、調理用に横に広く奥行きも深くし、腰の高さで燃やせるように改造した。暖炉の向かいに作業台を置き、暖炉と作業台の間は掃除が楽な石のタイルに。

客室用に俺があとからつけた小さな暖炉は、茶を沸かせる程度の装備。この近くはきっと、執事の指定席になるな。

専用の台に載せたワイン樽《だる》をどーん、ビールの樽をどーん。壁際にベンチと机を配置して、向かいに椅子。――水道が欲しいなあと思いつつ、でかい水瓶《みずがめ》を設置。薪置き場は広めに取って、安くなったら買いだめよう。

1階から移動させた食器を棚に飾る。見られては困るものを移す目的もあったのだが、完全に飯屋《めしや》だな。アッシュとの食事会どうしよう？　正直、元の1階の雰囲気の方がよかった。屋根裏は完全に遊ぶ部屋だ。しかも寝室続きなので女性は呼べない。

中庭を挟んだ2階の寝室、いや、3階の部屋をちょっと改装しようか。雨の少ない季節になったし、森の聖域にも手を入れよう。資材は潤沢《じゅんたく》だし！

さて、森に建てる家は、大体決まってる。島に行って資材を取ってくるとしよう。

で、島なんだが。

なんか銀と金が、素っ頓狂《とんきょう》な話を持ってきた。

「土地と、土地にいる人を買う？」

「今は借りているような状態でございましょう？」

まあ、そう言えなくもないか？

「ここの領主から、土地と民を譲《ゆず》り受けて独立するってことだな」

「半年後にご子息のご婚礼があり、下に令嬢《れいじょう》が4人もおられるそうです」

銀と金が言葉を続ける。

「……金か」

頷く金銀。領地がまとまって、国家という単位が発生する過渡期《かとき》の終わり。大抵の領主は、国という枠組みに貴族として組み入れられている。

ナルアディードはマリナの領地で、領主もいるけれど、国の影響も薄ければ領主の力も強くない。そして、自由な商売を掲げる商人の方が強いもんだから、領地争いより商売での争いが盛んで、結果、タリア半島や周辺の島々にはまだ領主単位の土地が残ってるんだよね。

目端《めはし》が利いて港や船を持ったとかの領主も多いし、あちこちの国が船主になっている。

そんな中で、この島の持ち主である領主は、港が作れるような海に面した土地を他の領主に取られてるし、ちょっと邪険にというか、スルーされている。

「商館が潰れて、船が何艘《なんそう》か売りに出ている。それをどうしても欲しいらしい」

「なんだ、そのまま結婚資金に回すのかと思った」

なんかあの領主、商いに向いてない気がするんだけど。

「船があれば財産として十分でしょうし、うまくやれば代金《ローン》を払いつつ儲けられますからね」

「あれに商才があるかは知らんが、あの一族にとって港と船は悲願に近い」

薄暗い納屋の中でこんな会話をしてると、すごい悪巧みをしてる気分になるんだがどうだろう？　金と銀がまた胡散臭《うさんくさ》いし。

「最初は船の代金を丸々要求するふざけた真似をしてきたが、スルーしてたら、船の前金に満たない金額まで下がった」

「あの一族が潰れて他の領主が取って代わった場合、揉《も》めることもありますから。独立しておくのは悪い話ではないと思います」

「あー。この辺は戦《いくさ》はないけど、商いで失敗して立ち行かなくなりそうだもんな、あの領主」

「その時に手助けするよりは、金がかからなくていいだろ」

銀の言う通り、新しい領主との交渉とかは面倒だから、島を存続させるために資金援助をする羽目になるだろう。一族が潰れて新しい領主と交渉する時は、この島もだいぶ変わってるはずだし、価値を見出してごねられると面倒だ。

「わかった、金を出してやってくれ」

また出費だよ！！！！

藍玉を少しずつ買いだめてもらってるし、赤字にしない自信はあるけど、予定外の出費があると、俺の行き当たりばったりな計画が浮き彫りになる気がするからやめろ。

「はい、ご領主様」

「ご随意に」

金銀が頭を下げる。

「え。領主なの、俺？」

「自動的にそうなるかと」

肩に手を当てて、かがんだ姿勢のままにっこり笑って言う金。

「今の話の何を聞いていた？」

銀が冷たく言い放つ。扱いが酷い、酷いので菓子袋を振ってやる。

「ソレイユ様、とりあえず菓子袋を動かすのをやめてください」

金にたしなめられる俺。

「キールも」

「ごほん」

銀も金にたしなめられ、咳払《せきばら》いして菓子袋を視線で追うのをやめる。ジャラシに我慢できない猫みたいな銀だ。

「その菓子の入手先を必ず突き止めてやる……」

悔しそうに呟く銀を、可哀想な目で見る俺と金。金は菓子の製作者が誰だか気づいてるのか、それとも「菓子ごときで」って思ってるのかどっちだ。銀と違って味わいはするけど、特に執着はないみたい。

「じゃあとりあえず、領主を探そうか」

「は？」

不思議そうに俺を見る2人。

「俺は領地経営とか詳しくないし、いざとなったら全部振り捨てて逃げる気満々。領民からしたら嫌だろう、そんな領主」

「すでに歓迎されておりますよ」

「最初の状態より悪くなりようがないしな」

そういえば、島ごと離散しそうだったなここ。

「中原の無法地帯を想定されているのかもしれませんが、ここでは商売で失敗しない限り大丈夫ですよ。大義名分なく攻めるようなことをすれば、商売から弾《はじ》かれます」

「商売で陥れられるのはあるだろうがな」

「なるほど、領地を売る羽目になることはあっても、兵が攻めてきて虐殺《ぎゃくさつ》されるとかはないのか」

「絶対ないとは言えないですが」

「まあ、あっても屋敷にいる奴が対象で、一般人は平気だろう」

「よしわかった、仕事を代行してくれる人を探そう」

「……結局探すのですか」

だって領主って、住民同士の諍《いさか》いの裁判官をやったり面倒くさそう。必要な仕事ってなんだ？

国というと三権分立、立法・行政・司法か。

法律は、今までのを元にちょっと変えればいいだろう。行政は税の徴収とか身分証を発行したりとか、公共施設を作ればいいのか？　ローマ帝国はパンと娯楽《サーカス》だっけ？

……いかん、混乱してきた。

「とりあえず、この島の今の法律を教えてもらおうか」

法律は、基本は「帝国法」という、大昔の大帝国のものを元にしている国がほとんどだ。だがそれ以外に、都市では商人法や都市法、農村ごとの慣習法、何より領主が定める領法がある。

「住人に聞き取りをしたところ、80年前の法を、仲間内で都合のいいように解釈を変えて適用していたようです。ずいぶん長い間干渉されなかったようです、城塞が放棄《ほうき》されたあとは旨味のなかった土地ですからね」

用意していたのか、金がメモを渡してくる。――すごく大雑把《おおざっぱ》！　しかも謎の法律もある！

「なんだ、この『夏至《げし》に木ノ実のタルトを食うな』ってのは」

「大昔の、大樹信仰を禁じた法ですね」

「夏至は大樹信仰において重要な祭りで、木ノ実の菓子を食って祝ったらしい」

アホかと思ったけど、理由があったようだ。なるほど、間接的に信仰を禁じてるのね。

「これは残すか？」

銀が指で一文を指す。

「なになに？　『娘が美人の場合、結婚前夜に領主に侍《はべ》る』……。アホか！！！」

思わずメモを机に叩きつける俺。風圧で壺《つぼ》ランプの火が揺れる。この島の明かりは壺の中ほどに皿をくっつけて、灯芯《とうしん》を挿《さ》したような形だ。魚の油が使われていて、結構臭う上に煤《すす》も酷い。

「まあちょっと考える。領主の代理ができそうな人の心当たりってある？」

「男はともかく女でいいなら、娼館《しょうかん》にでも行ったらどうだ？」

「なんで娼館……」

「貴族は手元不如意《てもとふにょい》になったり没落すると、奥方や娘を売るんですよ。地元で働くのを嫌がる方がほとんどで、ナルアディードに一旦集められることも多いんです」

「有名な娼館に直接運ばれることもあるけどな」

生臭い話になってる！

「金銀のどっちかで代理をする気ないか？　両方でもいいけど」

「動きにくくなりますのでお断りいたします」

「柄《がら》じゃない」

おのれ！

「ああ、数は少ないけど元御令息《ごれいそく》もいるぞ」

「ただ、そちらに顔を出すと、あらぬ誤解を受けることとなります」

おのれ、金銀！　ニヤニヤしおって！

「だから菓子袋は……っ！」

またジャラシを見た猫みたいになった銀と困る金を見て、溜飲《りゅういん》を下げる俺。

「娼館が嫌なら奴隷商ですね」

居住まいを正して金が言う。

「ナルアディードはあらゆるモノを扱っているんですよ」

そう言う金にそそのかされて、ナルアディードの奴隷商へ行くことになった。奴隷狩りも奴隷商も、都会では禁止されてるもんだと思っていたけど、どうやら違ったらしい。

ただ、俺が他の街で初めて見た、奴隷売買よりはマシであるらしい。初めて見たの、労働力じゃなくって、肉の部位で売られてたからな。色々無理だった。

『マシ』だったが、早々に退散。日本人にあの雰囲気は無理！

「突然ですが、領地経営についてご教授お願いします。あと、領主のスカウト先を教えてください。一つこれで、ぜひ。あ、アッシュはこれね」

差し出すワインとプリンアラモード。

「……ノート？」

眉間《みけん》に指を当てて、執事の名前を呼ぶディノッツソ。

「経緯不明でございます」

通常運転の執事。

「む、手をつけるのがもったいない」

よし、アッシュは了承っと。公爵令嬢に教えてもらえれば百人力だ。

「……何をやってるか聞いていいか？」

「内緒」

半眼で聞いてくるレッツェに答える俺。

「……アッシュ様が、庭に秘密基地をお作りになられた時のことを思い出します」

「む……？」

執事が遠い目をして言い出し、アッシュがプリンを掬《すく》う手を止める。

「アッシュもそんなことしてたんだ？」

だいぶ幼い頃から、騎士《きし》にするために剣の稽古やら戦術の勉強やらを詰め込まれてたって聞いたけど、遊びも男の子っぽいな。

「すまぬ、覚えがない」

「7歳のみぎりの話でございますので」

……。

「ああ。うちのエンとバクもそんな感じだな、そういえば」

「秘密にできない秘密か」

生温《なまあたた》かい目で見るのはやめろ!!

「秘密基地って、大抵建ってちゃ不味いところにあって、大人に取り壊されちゃうんだよな」

「俺は手伝ったけど?」

頬杖《ほおづえ》をつきながら言うレッツェに、反論するディノッソ。

そういえば、ディノッソ家の近くの森というか林に、ツリーハウスがあったっけな。ちっとも秘密じゃない子供たちの遊び場で、いざという時の家出先だ。

「わかった。この話はなし！　内緒じゃなくなるからダメ」

「お前、今更か！」

「秘密を秘密のままにできるのが大人ってもんだな」

レッツェの言う通りなら、日本にいた時の俺は大人だったたってことか？　なんだろう、あんまり嬉しくないな。

「それはそれとして、私の知っていることなら教えよう。私で役に立てるのであれば嬉しい」

アッシュがそう言ってこちらを見る。

「じゃあ、毎週のご飯のあとにでも、少し時間を取ってくれるか？」

「ああ」

勉強会、執事は追い出していいだろうか？　執事を見るといつもの笑顔。

「内緒なら内緒でいいけど、どうしようもなくなる前に大人しく相談しろよ？」

「どこで何をしてるのか知らねぇが、逃げ込める先は作っとけよ」

ディノッソとレッツェも、それぞれ気にかけてくれているようだ。

「それにしても、ここは食堂のようになりましたな」

「改装しすぎじゃないか？」

「客室作ったけど、泊めるほど遠くに住む親しい奴っていないなあって」

友達ができたら、って漠然と思っていたが、全員密集したので。

シンプルな机に椅子。焼肉とかお好み焼きとかしたかったので、外れる蓋を机の真ん中につけて、七輪を入れられるようにした。今は大福が机にどーんといる。これていいですか？　ダメですか、そうですか。尻尾をぱしぱしと打ちつけるのを見て、伸ばした手を引っ込める俺。

「また猫がいるのか？」

「うん」

レッツェに聞かれて頷く俺。

「見えねぇの不便だな」

「いや、これが普通だし。ガキの頃ならともかく、特に不満はねぇよ」

ディノッツソの一言をレッツェが否定する。

「誰か来たようだぞ」

「クリスの声か？」

ディノッツソの言うように、家の前で訪《おとな》う声がする。

「おお、アッシュとノート殿も一緒とは都合がいい。相談があるのだよ」

やっぱり、声の主はクリスだった。

とりあえず2階に招き入れて、蜂蜜《はちみつ》酒を出す俺。クリスはハーブの味つけが控えめな甘いものを好む。こちらの酒は何かの味がつけられていることが多く、春を越したワインも蜂蜜やハーブで味がつけられている。まあ、保存が悪くて酸っぱくなるからだけど。

「どのようなご相談でしょうか？」

落ち着いたところでノートが聞く。

「弟がこの街に来ていて、先ほどギルドで会ってしまった」

「兄弟いたんだ？」

よく考えると、この世界は一人っ子の方が珍しい。あまり衛生状況もよろしくないので、何人が無事に大人になれるかわからないからだ。

「うむ、我が弟ながらできた奴なのだが、できすぎて少々疑り深い。引っかかったことは納得するまで調べるタイプなのだよ」

「うわ、面倒くさい！」

「それで何度も色々な人を助けてはいるのだがね、ジーンには近づけたくないのだよ」

「相談とは弟君《おとうとぎみ》のことですか……」

「ひと月ほど部屋を貸して欲しいそうなのだ。私が断れば怪しまれること請け合いなので、ノート殿の方で断る口実を考えていただきたい。短期では貸さないとかでもいいと思う」

「重ねて面倒くさい」

「ひと月で帰るのは確定なのか？　てか、なんで来たんだ？」

レッツェが突っ込む。

「ナッツスの神殿というのを知っているかい？」

「ああ、北の湿地帯にあった神殿だろう？　火の神を祀《まつ》っていたが、風の神の世になる少し前に放棄されたとか聞いたな」

ディノッソが答える。

「泥炭《でいたん》の湿地帯か？」

なんかみんなで森の調査に行ったあとくらいに、1人で見学に行った気がする。

湿地に火の神殿というのを不思議に思って行き、泥炭になってたのを見て納得した記憶。泥炭は石炭よりは弱いものの、乾くとよく燃えるのだ。

「その神殿の跡なのだが、まだ精霊が健在との噂《うわさ》を聞いて弟が行ったらしいのだよ。そして精霊はいたのだが、雫《しずく》を誰かに渡したあとだったらしく、2年は雫を生み出せないそうでね」

「2年間暇になったのか」

ディノッソが身も蓋もないことを言う。

「そういうことだ」

……。

「雫って特別なのか？」

「神レベルの精霊の雫は、持っているだけですごいことだね」

精霊の雫は、魔石と基本は一緒。精霊の力が凝《こご》った石だ。

当たり外れのある魔石と違って、精霊の雫は透明度が高く美しい。魔石と違い人に対する悪意のようなものは含まれておらず、護符《ごふ》として宝飾品に使われる。

魔石も護符にはできるけど、呪術に使った方が力を発揮する。綺麗なものが宝石と呼ばれるのは、普通の鉱物と同じ。だけど魔石は、綺麗じゃないものも魔法陣を起動する時に魔力の元として使われたり、利用価値が高く、お高い。

「力ずくで奪えないものだからね、騎士が主人を探す時に持っていると、それで評価されるものなのだよ」

そういえばクリスも、主人を探す騎士だったような……。

「弟君は騎士を目指しておいでですか。それなりの大きさの魔石と精霊の雫が揃《そろ》えば、よきところを選ぶことができますな」

こっちの騎士は、自分の国でほぼ世襲で仕える騎士と、主人を探して三千里……仕えるべき主人を自分で探す騎士とがいる。後者は名を上げるために魔物を討伐したり、武術大会に出たりと色々忙しい。金を払って無名の騎士を雇い入れるのは戦争してるところだけだから、いい条件で雇われるためには名を上げるのが必須だ。

……で、名を上げるために持っているといいものが精霊の雫だと。

「ひと月ほどこちらに滞在し、あちこち見聞を広げながら戻るそうだ。それでちょうど雫がいただけるほどの時間が経つ、だからひと月というのは確定なのだよ」

紛争が絶えない中原を迂回《うかい》して帰るにも、突っ切って帰るにも1年以上はかかる。

「短期の滞在をお断りしましても、クリス様のところには来られそうでございますね」

難しい顔をする執事。

「すまない。少々高いが最近の流行りだと言って、借家を真似た宿屋に案内しておいた。私の部屋を見て怪しまれることはないと思うのだが」

しゅんとするクリス。

「部屋を貸してやったらどうだ？　ひと月だし、アッシュの方に問題はないんだろう？」

「――いいのかね？」

「うん。ひと月留守にしてる」

だってどう考えても、その精霊の雫をもらったの俺なんだもん。


しばらく一緒に飯を食えないので、ディーンを呼んで、２階の食堂を披露。

「ああ、ジーンのパンがしばらく食えないのか……」

がっくりしてるディーン。

「ディーンならパンより肉だと思ってたけど」

「肉も好きだけど、ジーンのパン食ってからは、パンとチーズで飲むのが好きになった」

思いのほか気に入ってくれていたようで、ちょっと嬉しい。

「商業ギルドに時々薬を売りに行くから、その時ノートに……」

「それ食って、1カ月経っても帰らなくなるやつな、やめとけ」

パンを預ける、と言い切る前にレッツェに止められる。

「しばらくは私がパンを焼きましょう。――1カ月の辛抱《しんぼう》でございます」

ノートは料理を再現しようとしているが、腕の問題ではなくそもそも材料が違うからなあ。

「とりあえずたくさん食え」

パンを切って籠《かご》に山盛り、小皿にオリーブオイルとバター、小瓶にラズベリーのジャム。執事がワイン――食料庫のやつだ――を樽からデキャンタに移して置き、俺は机の天板を外す。

「なんだこりゃ」

「鉄板焼きの準備」

「うん？」

不思議そうな顔の面々。レッツェは構造を調べそうな勢い。炭火焼きの焼肉屋のように、中に七輪を設置してある。炭は暖炉からほどよいやつを入れるだけだけど。

「はいはい、これ混ぜて、こうやって焼いてな」

鉄板が焼けたところで、お好み焼きの具材を一度丸く落として見せて、ボウルを渡す。

「こうだろうか？」

すごく神妙な顔をして混ぜている面々が面白い。アッシュは眉間の皺がですね……。そんなに真面目にやらんでもいいんだけど。あと、執事がアッシュに調理をさせるのには抵抗がある模様。そこは考えてなかった。

慣れたら全部やってもらうつもりだが、今回は適当に焼けたところで豚バラ肉をそれぞれに載せて回ったりと、結構忙しい。お好み焼きを焼いている間に、旬《しゅん》の終わりのアスパラガスを窯《かま》で焼いて、マヨネーズと茹《ゆ》で卵を崩したやつをかけたものを出す。

「おお、俺このマヨネーズ好き」

ディノッソがご機嫌。作り方は簡単だが、こっちは卵にサルモネラさんがね？　殺菌《さっきん》するために酢を多めにしないと怖いので、俺が作るのと同じ味にはならないのだ。半熟卵とかばんばん使ってるが、俺はちゃんと【鑑定】してる。家の庭の周辺に悪い菌はいないんだけどな。

スープはトリッパと豆をトマトソースで煮込んだもの。トリッパは牛のハチノス。表面の黒い皮を除いたり下処理が面倒なのだが、ちゃんとやれば、臭みもなく美味しく仕上がる。

「肉もあるから」

ティーボーンの分厚い肉を暖炉に入れてある。机に焼肉用の網も用意したんだけど、薄い肉より塊《かたまり》の方が好きそうだから出番がなさそう。いや、そのうち魚介のバーベキューやろう。ホタテにバターと醤油《しょうゆ》は正義。

「お？　これ美味《うま》い」

ソース味の炭水化物は、ディノッソに合う模様。

「オムレツともパンケーキとも違うな？　外がカリっとしててふわふわしてる」

レッツェがちょっと不思議そう。はい、反則して山芋を混ぜてあります。こっちのオムレッツはいわゆるスパニッシュオムレツで、中に具材を入れた卵焼きの形状のものだ。

「ああもう、この変わった料理がしばらく食えないかと思うと」

ディーンは、アッシュの分までお好み焼きをワインで流し込んでいる。アッシュは甘いものを食べたあとだから、お好み焼きはちょっとだけ。

クリスとディーン以外は、俺も含めておつまみを食ってるんだけど、幸いなことに全員健啖《けんたん》家《か》でよく食べる。

「クリスの弟って、やっぱり似てるのか？」

主に顎とか。

「私は父と母、両方に似たけれど、彼は母似だね」

「上半分そっくりだったな」

ディーンが言う。上半分？　ということは、顎は無事か。いや、こっちは硬いものを食べるせいか割れてる人多いし。それがどうこうではないんだけど、顎の割れ目精霊がね？

「2人とも出てしまって、家は？」

「下にさらに弟が2人いて、一番下の弟が継《つ》ぐのだ。少々病弱だけれど、父が健在だからね。もう1人の弟は上が父に、下が母に似て、一番下は父似なのだよ」

いや、待て。そんな半分ずつ綺麗に遺伝が出てるのか？　あと父に似た顔が病弱なの？　ちょっと弟くんを見てみたくなった。

「今回来た弟は、一番騎士らしい性格をしているかな。真面目で一本気。いいことだけれど、秘密というものに理解がなく、ロマンも感じない人種でね」

秘密という言葉で、全員が俺に視線を向ける。はい、現在たぶんロマンがいっぱい詰まってます。

「ナッソスの神殿に行くってことは、楽をしようってタイプじゃなさそうだし、宮仕えにはいいかもな」

「ナッソスの神殿はそんなに面倒なところですか？」

ディーンが聞く。

「湿地帯の真ん中だからな。小舟で途中までは行けるが、2日以上歩く。横になって寝られる場所はないし、乗ると沈む浮島《うきしま》だったりな。途中に出る魚の魔物も水中から飛んでくるから」

そう言って手をひらひらとさせるディノッツソ。

面倒になると【転移】して家に帰って寝ててすみません、絶賛目を逸らす俺の姿。

弟くん、改めリードと執事の顔合わせは明日の午前中ってことで、一旦解散。ディーンはもう少し飲んでいく希望で、レッツェも付き合って残った。

「二日酔いで初対面の印象が悪くならないか？」

明日、リードと会うだろうに。

「いーの！」

ディーンは時々食材を持ってきたり、金を置いてったりと律儀だし、何より美味そうに食ってくれるので、食わせ甲斐があっていいんだけど。

しばらくカヌムには近づかず、森と島の手入れの予定。

本日は、森の中で基礎と地下倉庫用の穴掘り、1回掘った場所だから楽だ。【収納】があるし適当でもいいんだけど、丸々一軒建ててみたくなった。こっちは地下倉庫《セラー》があるのが一般的。わざわざ作るのは、地下倉庫にロマンを感じるから。

こっちの人は、永く残る家を建てる。建て替えを繰り返さず、子孫は家を継ぐ。1代目が家を建て、2代目が内装を頑張り、3代目が家具を買う。4代目まで住めば立派な家の主人だ。

日本の江戸時代からあるような家もそんな感じだったのかな？　一度泊まってみたかった。

リシュはこっちの方が涼しいから、エクス棒を齧《かじ》ってご機嫌の様子。

穴掘りは土をスコップで柔らかく崩して、【収納】してしまえば楽だ。『斬全剣《ざんぜんけん》』でなんとかできそうな気もするけど、使い方を間違えてる気がひしひしとするし、それでやっちゃうと趣《おもむき》がないから、力を使うのは【収納】のみでやっている。それでもすごく早いし楽だ。素材を取りに移動したりもないし。

せっせと家を作りながら島のことを考える。アッシュみたいな公爵令嬢、どっかに落ちてないかな？　アッシュだと真面目に内政に邁進して、遊んでくれなくなりそうだから却下だし。

とりあえず、図書館に行って知識を仕入れてこよう。リシュが暑そうだから、涼しくする方法も探さないと。

そんなわけで、風呂に入ってさっぱりしたら、図書館だ。法律と魔法陣関連の書棚を探し、該当しそうなのを何冊か抜き出す。

結局俺、思った魔法陣を描けないまま放置してたな。馬より大物の黒精霊に出会っていないのもあるけど、力ずくで済んでしまってる。

日を通して、使えそうな魔法陣を写し取り、必要な素材と発動方法をメモする。うーん、覚え切れないし効果は薄くなるけど、発動方法は該当の魔石を設置する程度のものがいいな。

面白そうなのもメモメモ。

紅茶を飲みながら、脱線しがちな読書に勤《いそ》しむ。コーヒーは匂いが強いのでなんとなく遠慮してみた。狭い部屋の高い天井に向かって湯気が上る。

相変わらず静かで、本をめくる音が大きく聞こえる。時間の経過がよくわからなくなるのだが、それでも構わない生活だ。

リシュの散歩と寝に帰るくらいで、5日ほど籠《こ》もったところで終了する。さすがに畑と果樹の様子も見ないと、本格的な夏が来てしまう。


梅の花がいい香りを漂わせたと思ったら、家の周囲で桃や杏《あんず》、アーモンドがピンク色の花を咲かせ、リンゴや梨が真っ白な花をつけ、花を散らし、あっという間に暑くなった。

山にはスグリがグリーンと赤の透き通った実を下げ、ジューンベリーやスモモも色づき始める。そのうち真っ赤になるだろう。

そういうわけで、山の野生の果物はいいとして、果樹園では大きな実をつけさせるため、ガクを摘《つ》む。梨やリンゴはもっと早くに花を摘むべきなんだろうけど、あんまり綺麗に咲いていたので今になった。花が咲いていた方が精霊も喜ぶし。

花が散ったあと、残ったガクにたまに小さな精霊がくっついている、それを残すように摘む。

リンゴ、梨、みかん、オレンジ——摘む、摘む。1人でやるのは泣きそうだが、今日はミシュトがいる。手伝ってくれるわけじゃなく、俺の作業を眺めたり、クチナシの花を嗅《か》いだり、日当たりのいい場所をふわふわしている。でも人がいるのといないのとでは気分が違う。

果樹園にはカダルとミシュトがいることが多く、畑の方はパル、水辺にはイシュ。ヴァンは何か作っていると見に来ることが多く、ハラルファは花が満開の場所でよく会う。

今は葡萄棚の花が咲いているので、家のすぐそばで会う。葡萄の花って地味なので最初は意外だった。ハラルファは華やかな美人だから、薔薇《ばら》とか派手な花が好きなのかと思っていた。

なお、ルゥーディルは夜に読書してると、黙ってそばにいてびっくりすることがある。俺のそばというより、リシュを眺めているのだけれど。

そのリシュは、エクス棒をがじがじしていたと思ったら、いつの間にか木陰にちょっと浅い穴を掘ってはまり込んで寝ていた。

「やっぱり暑そうだな、リシュ」

「うん、昔のリシュなら、この山ごと凍らせているところね」

リシュを眺めて思ったことを口に出したら、ミシュトが怖いことを言った。

「あら、でも氷一つ出さないのは、ジーンに付き合って季節を楽しんでいるのかな？　ちょっと意外」

可愛らしく首を傾《かし》げてみせるミシュト。

「今は雌伏《しふく》の時、力を使わず貯めているのであろう」

うをう！　いきなり出てこないでください、ルゥーディル！　気配なくすっと現れるから心臓に悪い。というか――

「明るいところに出てきて平気か？」

「……少々きつい」

この精霊《ひと》、燦々《さんさん》と降り注ぐ太陽光が苦手なんだよね。司《つかさど》るのは大地と静寂、魔法だって言ってたのに。曇り気味の冬や秋は平気らしいけど。肌は白いし、紫外線が苦手なんだろうか……？

闇持ちのリシュは外が平気なのに。


休憩。ミシュトに蜂蜜、ルゥーディルにワイン。

「ハラルファは何を？」

光と愛と美の精霊は何をお望みか。

「ふむ、好みは花粉《かふん》じゃの」

「花粉……」

花粉症待ったなし。花粉団子《ビーポーレン》なら？　だが今はないです。

「よいよい。花粉は咲き誇る花から直接吸うのが好みじゃ」

あれ？　もしや花が咲く場所にいるのって、食事か！

「ここで採れた果物と野菜が所望じゃ」

艶《あで》やかに微笑むハラルファ。

「それなら2人と一緒だな。じゃあとりあえず」

3人の前にそれぞれ、蜂蜜、ワイン、水の入ったグラスを置く。

「あら綺麗」

「見事なものじゃの」

透明な切子のグラスは女性陣に好評の模様。

「精霊の気配が濃い、よい器だ」

ルゥーディルがグラスを持ち上げる。ガラスを作ってる場所にはヴァンも来たしね。

さて、果物と野菜か。オレンジのサラダはどうだろう？　オレンジ、チシャ、スライスした玉ねぎ、アーモンドオイルとオレンジの果汁がベースのドレッシング。

チシャは切ると、芯から白い液が滲《にじ》み出る。乳みたいだから乳草《ちちぐさ》とも呼ばれる、レタスの親《しん》戚《せき》だ。食料庫のレタスと交配させてるけど、まだ丸くならずにサニーレタスっぽい形状。

オレンジ色が綺麗で酸味がいい感じ、生ハムを入れたいところだが、この面子《めんつ》ではダメだな。

ピンクペッパーの赤を散らしてちょっと華やかに。

「目にあでやかじゃの」

「かわいい～」

ハラルファとミシュトが笑う。ハラルファがちょっと艶《なま》めかしい百合《ゆり》や牡丹《ぼたん》の大輪の花ならば、ミシュトはたくさん花をつける鈴蘭《すずらん》とか、もこもこ咲くピンクの紫陽花《あじさい》。タイプの違う女性2人が目の保養。

「チシャなのね、ふふ」

「なんだ？」

ミシュトのいらずらっぽい含み笑いが気になって問う。

「今は古い薬師や魔法使いにしか覚えられておらぬが、チシャは媚薬《びやく》よの」

「ぶっ！　他意はないぞ⁉」

ちょっとレタスのご先祖、どういうことだ！

女性2人に軽くからかわれつつ、今やっていることなんかを話しながらサラダを食べる。勇者の情報や、魔物の情報なんかも少し。

ルゥーディルは聞く一方で、無言でワインを傾け、サラダを口に運んでいる。基本、静かでちょっと人を寄せつけない印象の美形。リシュが絡んだ時だけダメになる呪いでもかかってるんだろうかと、不思議に思う。

当のリシュは全く気にせず、用意した水を飲んだあとはエクス棒を齧ってるんだけど。

「それは精霊樹の枝よね？　王様になるの？」

ミシュトがエクス棒を見て首を傾げる。

「面倒だからならない。人の人生に責任持てないしな」

「王を選ぶか？　そなたなら面白き国を作ろうに」

「もともと違う用途でもらってきたから、今のところどっちもする気はないな。国というか、街を整備するのはちょっとしてるけど」

街並みをまるっと風景に取り入れられるのは、すごい贅沢《ぜいたく》だと思っている。下水とか衛生面、利便性も両立させたいけど。窓から海と、綺麗でレトロ――俺にとってはだが――な街並み、時々ドラゴンが飛ぶのが見える、予定。

「ここみたいに水が豊富じゃないけど、頑張って木を植えてる」

精霊が集まりやすいのは水と花や草木の多い場所。それらがないならないで、風や砂、灼熱《しゃくねつ》の精霊なんかが来るけど、同じ種類の精霊だけになると、なんか縄張りが広くなるみたいで数が少なくなる。火山や氷河みたいな、地形や気候で特定の精霊が生まれやすい場所は別だけど。

「――そのうちイシュかパルに相談するがいい。美味《びみ》であった」

そう言い残して消えるルゥーディル。

「あら、何か置いていったわよ？　お礼かしら」

「これが気に入ったなら気に入ったと告げればよいのに、不愛想《ぶあいそう》な男よの」

面白そうに笑うハラルファ。

ミシュトの言ったように、ルゥーディルのいたところに小瓶がある。持ち上げてみると中は何か青黒い粉。

「精霊の粉？」

なんだかわからないので【鑑定】したら、強い魔力を帯びた粉、って出た。

「魔法陣を描くために使うインクの材料じゃないかしら？　ジーン、さっきリシュのために涼しくする魔法陣を調べたって」

「なるほど……」

「ほほ……」

ちょっと微妙な気分になった俺だが、ハラルファも同じ気持ちっぽい。リシュは我関せず。

2人も帰る時に粉をくれた。せっかくもらったのでインクの調合をしよう。棚からまず精霊こぶ入りの瓶を持ち出す。リシュと散歩中にせっせと集めて乾かし、取っておいたもの。

普通のインクには虫こぶを使う。蜂が樫《かし》の木の枝などに卵を産みつけると、その異物に対して木がタンニンという成分を分泌して大きく膨らんだものだ。日本でもアブラムシの一種によって作られる、ヌルデミミフシと呼ばれるものが鉄漿《おはぐろ》なんかに利用されていた。

精霊こぶは虫ではなく、その名の通り精霊がいたずらでつついてできたもの。滅多になくて、魔法陣を描く最上級のインクに使われる。買うとすごくお高い。うちの山には虫こぶより多いくらいあるけど。

これを、魔力を込めながら細かく砕いて煮出す。煮出すための水も、回復薬と同じく普通は『精霊の枝』でもらってくるんだけど、家の水だ。

煮出したものを濾《こ》して冷まし、防腐《ぼうふ》対策にワインを注ぐ。で、焼けた鉄のナイフを放り込んで、茶色い液体が黒に変色するまで放置。鉄ならなんでもいい気がするけど、なんか伝統的にナイフらしい。

いろんな精霊が覗きに来るのだが、今回は涼風の精霊に、ぱしゃぱしゃとこの液で遊ぶことをお願いしておいた。

黒くなったら、ルゥーディルからもらった粉を入れる予定だ。通常は、魔法陣の性質に合わせた魔石の粉を使うところなんだけど。

ん、半分は氷の属性のある魔石の粉にしようかな？　リシュ用に作る前に、魔法陣がうまく発動するか実験しないと。ルゥーディルからもらった粉は、練習にはもったいない。

黒くなるのを待つ間に、ミモザの樹液が固まったやつを買いに行こう。いや、桃が植えてあるからちょっと見てからか。確か桜や桃の樹液でも大丈夫のはず。

この樹液は粘度を調整するために入れるものだ。そしてやっぱりここでも、樹皮《じゅひ》や若い実に精霊が傷をつけて出た樹液が最上級。最上級のインクを作るには最上級の材料を集めて、魔力を注ぎ……むちゃくちゃコストがかさむのでとても高いはずなんだけど、魔石以外はこの庭で揃うというオチ。

次は羽根ペン作り。そういえば羽根ペン、優雅なイメージがあったのに、実際は羽根が邪魔だってぶちっとしてる人が圧倒的に多くて微妙。普通は主にガチョウの羽根を使うが、お金持ちは魔物の羽根を使っている。大きな魔物は羽軸《うじく》も大きい。軸に綺麗な装飾が施され、丈夫で摩耗《まもう》が少なく、普通の羽根ペンに比べたら断然使いやすい。

で、魔法陣を描く時は、この魔物の羽根ペンが必須。魔鳥は、強ければ残る魔力も多く、魔法陣を描くのに向いてるのかと、強いのを狩ってきた！　羽根ペンの攻撃！　羊皮紙《ようひし》が破れた！

……ほどほどという言葉があるらしい。先を丸めているし力も入れてないのにスパッと。無駄に攻撃力が高いペンができてしまった。羊皮紙も魔物の皮で作るか、いやそこまでするのは面倒くさい。

というか、羊皮紙に描く予定じゃなかった。あれにならちょうどいいかな？

大理石のタイルを用意して、まずは普通のインクで実験。削れるけど気にしない！　むしろ刻むことでより一層長持ちするだろう。よし、この羽根ペンは、これはこれでいいとする。大丈夫、最初から刻むのが目的でしたって顔をしとけば失敗だとバレない。――嘘《うそ》です、普通のも作りました。

はい、そういうわけで、リシュ用に冷え冷えの大理石プレートが完成。これなら寒ければ自分で移動して寒暖を調整できるし、魔石で常時発動なのでリシュが寝ている時も冷えている。

俺のベッドの隣と、居間に設置。ついでに実験で作ったものは、カヌムの屋根裏部屋の籠の下に設置しよう。大福は暑がりだろうか寒がりだろうか？　猫って寒がりなイメージあるんだけど。ひんやりする坑道にいたしな。

まあ、発動させなければただの大理石プレートだし。

「リシュ、ちょっと乗ってみて」

指先でプレートをこんこんと叩いてリシュを呼ぶと、とことことやってきて、くんくんと匂いを嗅いだあとに乗ってくれた。

「どうだろう？」

ぺたんと伏せてご機嫌の様子。

「暑かったら使って。あとこれ、魔力通すと冷えるやつ、プレートより冷えるから気をつけて」

真っ赤なベルト付きのバンダナ。ベルトには魔法陣を刻んだコイン状のと、魔石を入れられる球状のチャーム。ちょっと鈴っぽい。

リシュの魔力でも冷えるけど、発動のためにちょっと魔力を通せば、あとは一定時間魔石から魔力が供給されるようにした。リシュに無理はさせられない。

「似合ってる、似合ってる」

特に嫌がる風もなく、つけさせてくれた。可愛さアップ！　色違いも作ろうかな？　早速リシュが発動させたのか、撫《な》でていたリシュの毛皮がひんやりしてきた。賢い、賢い。

氷属性や雪、冷風なんかの魔石はまだある。布団を作った時とエクス棒を手に入れるための旅で、結構な量の魔物を倒しているからだ。

魔石は魔物の魔力《き》が凝ったもので、色が綺麗で球体に近いほどお高い。例えば一途に人を憎む魔物の方が、球体に近くなるそうな。ただ、怒りとか恐怖とか色々混じるのだろう、出るのは歪《いびつ》で原石に近いものの方が断然多い。

精霊は水や花などと同じく宝石が好きで、特に球体を好む。中に入ることも多いのだが、入り込むと魔石の魔力が切れるまで出られなくなる。まあ、宝石は寝床として人気らしいので、精霊的には閉じ込められても問題ないことの方が多い。

もともと魔物というか黒い精霊は普通の精霊を取り込むので、その辺が関係してるのかな？

球体の魔石も精霊を取り込める。自身と同じ属性を好み、寝心地は丸いほどいいってことらしい。取り込むと、さらに強い力を持つ魔石の出来上がり。でかいのは宝珠《オーブ》と呼ばれる。

図書館の知識とレッツェたちに聞いたことを思い出しつつ、冷え冷えする魔法陣を枕カバーに描く俺。魔力供給用の魔法陣を刻んだチャームを、端にくっつけて完成。暑くなったら魔石をセットして冷え冷えで寝よう。

我慢できなくなったらシーツにも描くつもりだけど、とりあえず季節も感じたいし。――大理石より布の方が冷えが緩《ゆる》いな、リシュの籠に敷く布にも描いておこう。

なお、冷え冷えする魔法陣は正式名称を『氷室《ひむろ》の陣』と言って、特殊な石に陣を描き、床と壁、天井まで囲って、砂漠の国で氷室を作っていたようだ。風や樹より前の、火が幅を利かせていた時代の遺物。特殊な石を使わなければ、効果が下がってちょうどいい感じ。

「リシュ、お腹冷やしすぎるなよ」

さて、本日は終了。夕飯はステーキと野菜スープでいいや、金銀用の菓子も焼いておこう。

明日はナルアディードで魔石の値段をチェックして、島に行って進捗《しんちょく》を確認かな。森の家は現在乾燥中、そろそろ乾くから明後日から続きを始めよう。

壁まではいいけど、2階の床と屋根は1人じゃ面倒そうなんだが。1人になるところを狙ってレッツェ誘拐してってダメだろうか。ディノッソは家族と一緒だろうし、執事にはアッシュがいるし、似合わない作業だ。絶対怒られるから誘わないけど。

ナルアディードで買い物。スパイス類を買いつつ、どこから何が運ばれているか確認するのが目的だ。

ナルアディードはドラゴンのいる南の地域や、霧を越えた西域、南を経由した東域とも交易がある。こちらからは羊毛製品が中心、あちらからは香辛料《こうしんりょう》や穀物《こくもつ》、珍しい織物、花など。

一番人が多いのは中央大陸だけど、各地にも聖域や、精霊、ドラゴンや聖獣と呼ばれる、意思の疎通《そつう》ができる強いものに守られた国が点在する。まだ行ったことがないから、そう思ってるのは中央大陸に住む人だけかもしれないけど。実際、火の精霊が強かった時代は、南のエスの周辺が文化の中心だったっぽい。

で、それら遠い土地の産物を買い付けに来る商人や貴族がナルアディードに集まり、空船《からぶね》で来るのはもったいないので、自国の特産品を運んでくる。そんなわけで、ナルアディードには色々なものが溢れている。

そして、そのナルアディードの通りで、なんだかわからない雑貨を眺める俺。鉄の柄杓《ひしゃく》だと思ったら火熨斗《アイロン》だったり、蝋燭《ろうそく》の芯を切るための、芯が落ちる場所のついた鋏《はさみ》があったり。

カヌムでも、ぷちっと摘まむ和鋏《わばさみ》みたいなシンプルな芯切り鋏は出回っている。蜜蝋《みつろう》は高く、獣脂《じゅうし》蝋燭は安いが臭うし、煤も多い。特に不完全燃焼すると悪臭を放つので、ちょうどいい長さに上手に芯を切るのは必須。獣脂蝋燭を使う家庭では、芯を切るのは大抵子供の役割なので、握って使う小さな鋏だ。反対に、使用人が夜会とか人前で使う芯切り用の鋏は装飾が格好よくて、やっぱり銀器が人気なのだそうだ。

この店の親父の話では、王都の劇場で芯切り係が大活躍中だという。絶対に火を消さないように、芯を切らなきゃいけないのだそうだ。音楽は生音、照明は芯切り係なのかと思うと、ちょっとこっちの劇がどんなものか見に行きたい。

島にも何か娯楽施設を作りたいところだな。

「格好いいな、これ」

「こっちのグレープシザーも人気だよ」

店の親父の言う鋏、剪定《せんてい》鋏か何かかと思ったら、食卓で葡萄の房を切り分ける鋏だった。今いるのは、お金持ちが家で使う銀器のお店。俺にとっては色々謎雑貨があるが、こっちで普通に使われているものが揃う。格好よかったので芯切り鋏を1本買う。

ナルアディードは基本まとめ買い前提、客は国に帰って商売する人だったり、でかい屋敷用に大量に買い付けに来ている人の方が圧倒的に多い。大口の取引が主だが、商業都市として観光地にもなってるので、俺が今利用したような、大店《おおだな》から出た半端ものを扱う小店もある。

さて、島に渡ろう。今朝畑にいたイシュとパルに相談した結果、少し計画の変更があるし。

と、思っていつもの船屋に来たんだが、なんか取り込み中。爺《じい》さんが、赤紫色の髪のぼんきゅっぼんな美女と言い争ってる？

「だからこの舟は預かりものだ」

爺さんがキセルを向けた先には俺の舟。島に入れる小舟が出払い気味というか、資材を運ぶために活躍中なので、利用できる船がない。

女は宝飾品の類《たぐい》は身につけていないけど、シンプルなワンピースが体のラインを強調するように流れ落ちていて、いい布を使っていることがわかる。あと裸足《はだし》だ。

「あらどうしてもダメなのね。じゃあ、泳いでゆくわ」

いや、島まで結構距離がありますけれども。

「勝手にしろ」

爺さんが言ったら、女がスパッと脱いだ！　爺さん不動！　メンタル強い！

「なんで島に行きたいんだ？」

たとえ女のハッタリでも、俺のメンタルがダメです。胴体にはコルセットだっけ？　あれとパンツだけなんだもん。

「領主に雇ってもらうのよ。使用人を年末までに数人集めてくれって知り合いに頼まれたけれど、自分が立候補するわ。雇われるまで少し間があるけど、その間養ってもらえるくらいの貸しもあるし——貴方《あなた》がこの舟の持ち主ね？」

「ああ」

長文を話す前に服を着てくれないだろうか？　船屋の船着場《ふなつきば》の明かりは、海に開いた開口部からの光と、陽の光を反射する海のキラキラだけなんで薄暗いけど、胸が丸見えだ。

「問題がある人は雇われないんじゃないか？」

「問題はなくなるから平気よ」

人を集めるように頼んだのはアウロかキールか、2人に頼まれた島人か。いずれにしても、半年以上養ってもらえる貸しってなかなかだな。

それにしても、今現在こうだけど、消える問題って？　思わず爺さんを見る。

「その娘はカルバ商会の副会頭で、会頭の養女のソレイユ。会頭は病気で寝たり起きたりだ。放蕩《ほうとう》バカ息子が最近帰ってきて、ソレイユと結婚するとかいう噂が流れてたな」

俺の偽名《ぎめい》と同じ名前か。ソレイユって、こっちでどうだか知らんけど男性名詞じゃないのか？

「今はバカ息子が好き勝手しているけれど、ひと月もすれば商会は会頭も了承の上、他に吸収されるわ。それと同時にカルバの家から籍を抜く手続きも了承される。バカ息子の言うことを聞く必要もなくなるわ。これ以上詳しくは言えないけど、私はひと月逃げ切れば自由よ」

結婚については、家長の言うことに従う地域が多い。バカ息子が寝たきりの親を押さえて好き勝手、ソレイユを嫁に～みたいな感じ？

「商売に未練はないのか？」

爺さんがソレイユに聞く。

「あのバカ息子に好き放題されるよりは、潰して他に引き継いでもらった方が商会員のためよ。それには私は邪魔ね」

「思い切りのいいこったな」

目を細めてキセルを美味そうに吸う。どうやら爺さんは気に入ったようだ。

「わかった、島に連れていこう。とりあえず服を着ろ」

下着姿のまま無駄に姿勢がいいの、やめてください。いや、手で隠されてもちょっと困るけど。なんか俺は、グラマラスで漢《おとこ》らしい使用人候補をゲットのようだ。


いつものように爺さんの船頭で島に向かう。

「海水で洗ってかけとけ。落ちるなよ」

爺さんがソレイユに革の水筒を放る。たぶん中身は酒で、消毒しろってことかな。礼を言って、素直に船べりに腰掛けて足を洗うソレイユ。

「これ足に巻いとけ」

ポケットから出すと見せかけて【収納】から手ぬぐいを出し、びりっと2つに割いてソレイユに渡す。ハンカチのサイズって手拭きとしてポケットに入れとくにはいいけど、色々利用できるのは手ぬぐいだな。

「ありがとう」

街の中は石畳で、ざっくりいくような傷はつかないけど、ばい菌はこれでもかというほど多い。小さなすり傷でも感染症にかかる。

西の方と中原では、胸を出すより足を出す方が恥ずかしいらしいんだけど、ナルアディードやカヌムではそうでもない。でもちょっと両方出すぎではないでしょうか……？　ディーンだったら視線が外せなくなってたところだな！　俺は不自然に近づいてくる島を眺めるよ！

「どっちにつける？」

「城塞の方は邪魔になるかな？　桟橋の方で」

「おう」

城塞の方の船着場は、資材を運ぶ舟が盛んに出入りしている。でかい船が近づけないから、小舟に積み替えて往復するしかないのだ。

城塞は島の東側の崖にへばりつくように建っている。島で一番高いところなのは、海から来る敵の船を見張るためと、上陸されても攻めづらいようにだろう。

街の跡が残る場所と城塞の間には谷があって、石橋を渡っていくような造り。両方打ち捨てられて久しいけど、せっせと手を入れてもらっている。城塞都市じゃなくて城塞だから、街とちょっと分離してる感じ。さらに言うなら、今人が住む村は便利な海のそばだし。

栈橋に着くと、海辺で遊んでいた子供たちが――実際には貝を採ってたりおかずの確保だったりするけど――一定の距離まで走り寄ってきてこっちを窺《うかが》う。俺が何かお願いするとお使いに走り出すのが毎度のパターン。

「おう、金と銀を下に呼んできてくれるか？」

「はいよ！」

「あとこの人に履物《はきもの》買ってきて」

「おうよ！」

子供たちに四分銀貨を投げる。尊敬は勝ち得ている、概《おおむ》ねお駄賃《だちん》とお菓子の成果だけど。

街跡の修復が進んで、金銀がそっちにいることも多くなったのだが、怪我《けが》をした女性をそこまで歩かせるわけにもいくまい。下というのは海岸に近い、最初に拠点にした納屋のことだ。

「ここは抱き上げて連れていくとこじゃないのか、若いの」

爺さんにからかわれる。日本人にそういう対応を求めないでください。

「あら、解決する方法は腕力でも財力でもいいのよ。途中で落とされても困るし」

ちょっとソレイユさん？　フォローすると見せかけて非力と貶《おとし》めてないか？　なんだったら舟ごと持ち上げるぞ？

やっぱりディーンとかディノッソくらいの背と筋肉がこう……。牛乳飲んでるんだがちょっとしか伸びてない。

「靴屋でサンダル買ってきた！　おつり！」

「おつりはみんなで分けとけ」

しばらくして第一陣が帰ってきた。靴を受け取って飴《あめ》の袋を渡す。靴売りは建築現場で結構壊れて需要があるもんだから、行商に来てるらしい。気がついたら炊き出しで露店を出してるのもいるし、祭りのテキ屋みたいなノリの、身軽な商売人が多い。

納屋に向かうと、すでに金銀が待っていた。あとなんかメイドがいる。

「これはこれは」

「アウロ、キール。借りを返してもらうわ」

アウロが俺に、どういう成り行きなのかと問う視線を向けてくる。

「どういう知り合いなんだ？」

むしろ俺がまず聞きたい。あと、後ろのメイドは誰だ？

「俺たちが襲撃から逃げ出したあと、世話になったのがソレイユの家だ」

「実際に様々な手配をしてくださったのはお父上ですが、頼んでくださったのはソレイユです」

銀と金が育った家は襲撃を受けて、2人以外は亡くなっている。2人は妖精の道を通って逃げたのだそうだ。で、妖精の道に入るために、金は銀から人間の部分を少し奪った。

襲ってきたのは野盗の類ではなく、鎧を着た騎士だったそうで、もうすでにきっちり報復済みと聞いている。人とズレた生きづらさもあるだろうけど、そのために裏の世界に身を置いたと言ってもいいみたい。

「それでどのような成り行きでしょうか？」

「就職希望だって」

金に聞かれて答える俺。

「商会はどうしたんだ？」

「畳《たた》んだわ」

銀が眉を寄せて聞くと、短い答えが返る。

ソレイユにとって商売って、おそらく自身の重要な部分。それを、人の商会だってのもあるんだろうけど、きっぱり終わらせることができるのはすごい。

「お前に侍女《じじょ》とかメイドとか、できるとは思えないんだが……」

「やってみなければわからないでしょう？」

不審そうな銀に、ちょっと挑発的に答えるソレイユ。

「あ。役職は領主代理、代官で頼む。そっちの仕事に問題がないなら、商品の売買も任せるからよろしく。個人的に商会を立ち上げてもいいぞ」

「……餌《えさ》をぶら下げて全部押しつけやがった！」

「素早いですね……」

金銀が何か言ってるけど気にしない！

「貴方が領主だったの？」

「そのようです？」

「なぜ疑問形なのかしら？」

すごく納得いかない気配がするし、俺自身も微妙に違う気がするが、たぶん俺が領主です。

領主を押しつける先が決まらないまま、金を払ってサインすることになって名前書いたし。

商業ギルドの紋章官《もんしょうかん》に金払って、かぶりがないか調べて作った紋章を登録してもらったし。

「では、この方がお菓子の人……」

お菓子の人。なんかメイドさんが呟いたかと思うと、お菓子が主体の人みたいに言われた。

「失礼、紹介が遅れました。こちらはマールゥ、館が完成ののちメイドで就職希望、完成までは試用期間として、支払いは週に菓子1袋でいいそうです」

それは袋のサイズにもよる気がする。いや、チョコとか使ったら正規給与より高くないか？

「マールゥと申します、精一杯務めますので、よろしくお願いいたします」

赤銅色《しゃくどういろ》をした髪のメイドが頭を下げる。シンプルなドレスに、頭には布を畳んだような帽子がメイドの印。お仕着せの制服を用意するところも増えてきたみたいだけど、まだそんなに多くない。メイドっていうと、俺は黒か濃紺《のうこん》のワンピースに、フリルのついた白いエプロンを組み合わせたエプロンドレスのイメージが強い。

というか、菓子ってあれか。

「ご想像の通りです」

金を見たら悪びれずに肯定してきた。

「俺たちが話したのではないぞ」

「2人が大人しくしている時は、大抵裏がありますから。まさか菓子とは思いませんでしたが……、わかって幸運でした。得意なのは掃除です」

苦虫を噛《か》み潰したような銀と、満面の笑みのメイド。

ちょっと嘘くさいへらへらした笑みを浮かべているが、チェンジリングなだけあってよくよく見れば美形だ。わざと目立たぬ装いにしているくさい。笑いといえば、金も嘘くさい。なんか妖精の特徴なのかね？　人をみくびっている感じ？　まあ俺も深く関わるつもりはないんで、能力があればいいんだけど。

「掃除が上手いなら、メイドの守秘義務的な契約か誓約《せいやく》をしてくれるならいいぞ」

そう答えたら、４人が一瞬黙った。

「……間違っていたらごめんなさい？　マールゥはチェンジリングだわよね？」

「ええ、そうです」

ソレイユの言葉に、先ほどまでの笑顔を引っ込めてマールゥが答える。

「確認の前に名前を聞いてもいいかしら？」

俺に向かってソレイユが微笑む。そういえば名乗ってなかった。

「俺もソレイユだ」

「あら。――ではソレイユ様、マールゥがチェンジリングなのは気づいてらっしゃるわよね？」

「うん」

「なぜ仕事を頼まないのかしら？」

「いや、掃除を頼むつもりだけど」

「はー！　なるほど、アウロやキールと同じく、汚れ仕事をご希望なんですね！」

ソレイユの質問に答えると、マールゥの笑顔が戻った。

「ああ。汚れ仕事といえば、汲み取りと肥溜《こえだ》めどうなってる？」

「汲み取ったばかりだと臭気がきつくなりますが、住人にはおおむね好評のようです。が――」

「俺たちが肥桶《こえおけ》を担いでるような言い方はやめてもらおう。ちゃんと住人に金を払ってやらせている」

「え。汚れ仕事って糞尿《ふんにょう》の掃除……」

「トイレは掃除してもらうぞ？」

侍女は水仕事とかしないけど、メイドはするよね？

「メイドとして雇うということかしら」

ソレイユが確認してくる。

「メイドなんだろう？」

何を言ってるのか。

「暗殺仕事とか……」

「なんで俺がそんな物騒《ぶっそう》な真似をせにゃならん」

「自然発火を装って建物を燃やすとか……」

「やめろ。今建ててるとこなのに、燃えたら困るだろうが」

「人間では味わえないめくるめく快楽は……」

「いらんわ！」

ギギギギっと音がしそうなほどぎこちなく、金銀の方を向くマールゥ。

「私どもも、館の建築と、島を整備するにあたっての仕事しか現在しておりません」

金が微妙な顔で答える。

あれか、もしかしてチェンジリングって、そういう用途に使うのが常識なのか？

「やりたいなら、商業ギルドで副ギルド長のカツラ取ってこいとか命令してもいいけど」

いるよね、技術を誇る系の暗殺者とか怪盗《かいとう》とか。物語の中のことだけど。

「ううん、トイレ掃除やります、トイレ掃除」

「トイレだけでも困るけど」

一転、嬉しそうにトイレ掃除に意欲を燃やし始めるマールゥ。

「普通だ、普通だ」

マールゥがちょっと小躍りしそう。普通ってことは、暗殺系を頼まれなかったのがそんなに嬉しいのか？　トイレ掃除に喜んでるなら、ちょっと目を逸らすんだけど。

「その、私も1人、候補を出してもいいかしら？」

「うん？」

こちらの様子を見ていたソレイユが、探るように尋ねてくる。

「ファラミアという、黒髪の——彼女もチェンジリングなのだけれども」

「メイド？」

「メイドも侍女の仕事も一通り」

「性格悪くなければどうぞ？」

「……」

俺の答えに金がため息をつく。

「無知なようだから教えといてやる。黒いのは、人間を憎んだ精霊が混じっているぞ」

そして銀の解説。

ああ、黒髪か。今まで名前を付けた契約精霊は、普通のと黒いのが半々くらい。黒いのは目が合ったらとっ捕まえる対象なんだが大丈夫だろうか。

「ファラミアは私も知っております。人間側《キール》のチェンジリング。一見冷たそうに見えますが、人を害するような性格ではございません。ただ、他人はあまりよい目では見ないでしょう」

よかった、精霊の気配は濃くなさそう。反射的に女性の頭を掴《つか》んじゃったら困るしな。

「住人と軋轢《あつれき》を起こすようなことがなければいいぞ。家畜の世話や畑で住人を雇うし、狭い島だからな」

俺は常駐しないし、揉め事はソレイユに丸投げする気満々だし。

「彼女には奥にいてもらうわ！」

ソレイユもぱーっと明るくなり、なんだか歌い出しそうな感じ。

「影狼《かげおおかみ》の関係者だというのに……」

「まさか、持て余して押しつけてきたんじゃ……」

金と銀はなんか微妙な顔でため息をついている。


チェンジリングについて少し調べた。

妖精は、人に見える精霊の一種だと言われている。人に見えるからといって力が強いわけでもないけど、人の世界に興味津々《しんしん》なやつが時々いる。で、自分の子供を人間の子供と入れ替える。子供といっても、妖精が力を分離した不完全な分身みたいなもの。

妖精の子供は、まず人の子の姿を奪う。完全に姿を入れ替えるパターンと、混ざるパターンがある。後者は美しくなるか、醜《みにく》くなるか、極端なことが多い。感覚、声、記憶……こちらは入れ替わるというより、妖精に食われて奪われると言われる。

人に見られなければ入れ替わりは一晩で終わり、人間の子供は妖精に連れていかれてしまう。そのまま妖精と暮らすか、どっかにポイされるかは妖精次第。

途中で人に見られると、入れ替わりはなぜかゆっくりになる。姿を奪うのが間に合わずに真似を始める。同情を引きやすい声、笑顔、涙。でも、子供が2人に増えた時点で両方殺されるか、『精霊の枝』に放り込まれるかという結果だそうだ。

どっちが妖精かを言い当てれば、変化は止まる。不正解の場合はその瞬間に完全に入れ替わって、人の子供は姿を消してしまう、らしい。

ちなみに親の妖精がそのまま入れ替わろうとしたり、目に見える妖精でなく精霊に入れ替わられた場合は、人間の子はどんどん透明になって見えなくなってしまうそう。

精霊なんで、人間としての整合性や意味なんかを見出すのは無意味っぽいけど、金銀の話と図書館で調べた限り大体こんな感じ。

人と入れ替わった妖精は、成人ぐらいになると大体飽きて戻ってしまう。だいぶ力を失って意志もなく漂う精霊、「細かいの」に近くなるらしいけど。

「親である妖精に人の生活の記憶を持って帰り、同化することもあります。妖精も最初はそれを期待して力を分けるのですが、大抵忘れますね、妖精ですから」

そう言ったのは金。そんな話を聞くと、金は珍しい存在だ。

「んー。働く人の住居を城内に収めるつもりでいたけど、広場にも作った方がよさそう？」

チェンジリングは、混じり方によって、人とは異質でわかり合えない部分も出てくる。

「……お願いできるかしら」

ソレイユの頭に浮かんでいるのは、雇いたいという黒髪の女性だろう。島の住人と使用人を分断するつもりはないんだが、俺もあんまり人の出入りが多いと落ち着かないし。

昔の城塞跡なので、城の居館はそう大きくはないが、いざという時は住人ともども籠もれるように庭が広い。いや、居館も個人で住むには十分でかいんだけども。石橋を挟むので、庭の大部分は居館から独立してる感じ。

「広場には厨房《ちゅうぼう》、召使《めしつかい》の住居、兵舎、鍛冶場《かじば》、厩舎《きゅうしゃ》、家畜小屋、納屋、倉庫が置かれていたようで、改修は可能です。——ソレイユ様が命じたのは、厩舎と家畜小屋の手入れでしたか」

だってルタと家畜がですね。

それらの建物は城塞を取り囲む壁と一体になっており、崩れた場所もあるけど居館ほど傷んでいない。居館は木材も多く使われてたっぽくって、屋根や床が落ちてた。たぶん、最初の本丸は一番でかい塔《とう》だったんだろうけれど、時代が下ると争いも落ち着いて、住み心地を求めて居館があとから建てられたらしい。古いものの方が丈夫というオチ。

「必要な人材って、メイドさんと馬丁《ばてい》と料理人と家畜の管理をする人？」

ぴんと来なくて聞く俺。

「これだけの規模ですので警備に兵も雇ってください。欲を言えば、外部委託ではない騎士も1人、2人欲しい」

「泥棒避けか」

「対外向けのポーズもあるだろ、いないんじゃ侮《あなど》られる」

金の言葉に納得した俺に、銀から補足が入る。

「商家でさえ大きなところは護衛を雇っているわ。領主ともなれば、強い騎士や兵がいるのはステータスにもなるわね」

そういえば、優秀な騎士に忠誠を誓われるのがステータスなんだっけ？　特に自由騎士。

「なんで厩舎は欲しいのに、騎士はスルーなんだ」

「馬はすでにいて、飼う場所が欲しいんだ」

ルタは俺用です。

「下働きも数人、内向きのことに侍従や侍女も要《い》りますね」

金が話題を変える。侍女・侍従は、元は城の大寝室で働いていた者たちのこと。今は簡単に言うと身の回りの世話などをする人で、所帯が大きくなって仕事が細分化されると衣装部屋係とかに分かれる。ちなみに大寝室というのは、王侯貴族も容赦なく一家が一部屋に雑魚寝《ざこね》だった時代の名残《なごり》のようです。

「家宰《かさい》はアウロとキールの分担なのだろうけれど、執事も兼ねるのかしら？」

家宰は領地の管理、執事の本来の仕事は、ワインの管理から始まって家の中の財産の管理まで。執事が領地を管理して、侍従が家の中の財産を管理してるパターンとかもあり、家の規模とか国によって違う感じ。たくさん兼任してるところも多いし。

「そういえば、２人との契約は、家を建てる職人の采配と商品の交渉代行だったな」

建て終わったら２人とは契約終了なのである。終わる気配ないけど。

「お？　お菓子独り占め」

マールゥが反応する。作る量を少なくするから１人当たりの量は変わらないと思う。

「あら、アウロとキールは働かないの？」

ソレイユが意外そうに聞く。

「お前は働くんだな？」

銀がソレイユに聞き返す。

「他に何もないし、条件が破格だもの」

ソレイユは思い切りがいいようで、就職を決めて笑顔。

「そうか。――名前を呼べ」

後半は俺に向けて。

「何をどうやったらそっちの契約の話になるのか」

いきなりすぎやしませんか？

「契約や誓文《せいもん》のし直しで、また彼の方《かた》に出てこられても困りますしね」

しょうがないというように肩をすくめる金。

「給与はそれなりにもらう、それと菓子の製作者ももちろん教えてもらう」

「え？」

まだ俺が作ってるって気づいてないのか？

「なんだ文句があるのか。俺が繋《つな》がれてやるのだぞ」

じろりと俺を睨《にら》む銀。

「見た目に反して脳筋《のうきん》なのです」

思わず金を見たら目を逸らされた。脳筋、脳筋か。じゃあ、よくわからん理由で決断してもしょうがないな。半分くらいはソレイユが就職するからだろうけど。

「え？　何？　もしかして精霊的な主従の契約するの？　アウロとキールが？」

「うるさい。お前もさっさと仕事の契約を済ませろ」

銀がぷりぷりしてる。

「アウロ、キール、改めてよろしく」

「はい、ソレイユ様」

「くたばるまでは付き合ってやるよ」

2人が手を胸に置いて会釈《えしゃく》してくる。名前を呼んでも特に俺の方に変わったことはなく、アウロとキールの見た目が変わるわけでもなかった。いろんな精霊に名付けてるけど、違いがわかったのは馬の時くらいか。あれは抵抗して暴れられたしな。

「うわぁ、本当に縛られてる。信じらんない！」

チェンジリング的には違うらしく、マールゥがなんか引いている。

「ソレイユもこちらを」

マールゥを完全スルーして、アウロが出した商業ギルド製作の契約書に条件を書き込んで、お互いに署名。無事、面倒ごとをソレイユに押しつける契約が成立。

島には色々なものがあるので、関わる職人全員に一番お高い契約書で契約させてるそうだ。城の改修図も外に出ちゃ困るし、モルタルやガラスや……なんか、アウロがいい笑顔で契約書を束でもらってきたので、いっぱいある。

「紹介と説明はあとでゆっくり。あと店が閉まる前に、女性にナルアディードで買い物をしてもらおう、必要なものを書き出してくれ」

キールがソレイユをエスコートして納屋を出てゆく。

「ラブなの？」

にっしっし、みたいな変な笑いを浮かべて言うマールゥ。

「貴方も早くなさい」

「はい、はい」

軽い返事の割にきっちり契約内容は確認していたので、決して浮《うわ》ついているだけのメイドじゃないのだと思うけれど。

「え、ちょっ！　なんで!?」

あー。

名を入れたら、今度はヴァンが出て消えた。火属性、戦闘能力も実は高いのか？　髪の色からして火属性だもんなあ。

「ヴァンの系譜か」

「誓文ではないのですが……」

アウロが摘まみ上げた契約書は、焦げて最初についていたペナルティの内容が書き変わっている。いや、それを与える精霊がヴァンになっただけで、ペナルティの内容は同じか。

「ひいい！　ヴァン？　ヴァンなの!?　何をどうやっても逃げられる相手じゃない！」

「2人の時と同じで、契約するようオススメに来たんじゃないかな？　よろしくマールゥ」

面倒そうなのでさっさと契約する。

「ええええええっ！　ちょ、ちょっと！　腕輪、腕輪があああっ！」

「腕輪？」

「見えてらっしゃらないのですか？　契約が済むと、チェンジリングの手首に一回りの模様が出るのです」

そう言って、アウロが袖《そで》を引っ張って左の手首を見せてくる。あれか、精霊を見えるようにしないと見えないやつか。改めて見てみると、アウロの手首に緑の枝葉の模様が一周していた。

マールゥには炎の模様。

「従者が手を胸に当てるのは、この輪が僕《しもべ》となった証《あかし》で、それを見せるための行為が伝わっているのですよ」

アウロがもう一度胸に手を当てながら教えてくれる。習慣や所作にファンタジー要因を時々ぶっ込んでくる世界だ。

「それにしても、カダルにヴァンとは。貴方は何者ですか？」

「ジーンです、最近領主になりました」

「名前が違うのですが……」

「なお、本名は覚えていません」

「……」

マールゥはやかましいし、ソレイユと金銀は積もる話もあるだろうから、詳しい話は明日。

「この変更だけ、作ってる人に伝えておいて。あと水路工事の追加をお願いします」

「水路ですか？」

「うん」

「鐘楼《しょうろう》が起点になっているようですが……」

「そう、高さがあるし、場所もまあまあ都合がよかった。とりあえずその通りにお願いします。水漏れしないように頼む。あ、これ配って」

アウロに菓子袋を託して本日は終了。

なんかすごく言いたいことがありそうだったけど、結局黙って了承してくれた。執事だったら絶対確認してくる気がするのだが、まだ聞きただしてくるほど距離が近くないのだろう。今のうちに色々押し切ろう。

城の井戸は主塔の中にあることがほとんどで、ここも例に漏れず。そこから頑張って水を汲んで、建物の上にある貯水槽に入れ、各所に流されて使われる感じ。

井戸は利用するとして、水路を作る方法があるかイシュに相談したら、水を呼び込む魔法陣があると教えてくれた。図書館で調べて、鐘楼に設置予定。ただ、十分な量を汲み上げる陣を描くのは結構な重労働になりそうな気配。描くのは俺だ。

城の従業員の他に、島に医者と薬屋も欲しい。パン屋も——ああ、水の当てがついたし水車を作るか。そうすると場所は……。

森の家は小さな秘密基地だが、島の城はなんか悪の結社の秘密基地みたいで楽しい。難攻不落を目指そうかな？

ふんふんしながら桟橋に戻ると、見たことのある奥さんが爺さんと話している。どうやらキールに頼まれてソレイユの買い物に行くことになったが、舟が空いていなかったらしい。

帰りもこのパターンかと思いつつ、奥さんも乗せてナルアディードに戻る。もう今日は島に渡らないから帰りも使っていいと許可を出し、船屋で２人と別れる。


俺はご飯だ。ナルアディードは魚介が美味しい、よさげな店に寄って魚を注文。——なんか丸焦げの大きな魚が出てきた。

ちょっと引いていると、店員さんが笑いながらナイフで身を綺麗に割って中を見せてくれた。外側は焦げ焦げだけど、中はふっくら白い身が湯気を立てている。

「レモンを絞ってどうぞ。そろそろ季節も終わりです」

「いただきます」

店員の言った通り、レモンをぎゅっと絞って一口。最初の見た目からは想像できないほど美味しい。味付けは塩だけなのかな？　塩味が魚のほんのりした甘さを引き立て、白身の魚の割に多い脂をレモンがスッキリさせている。

ラビオリっぽいものも出てきたけど、魚の丸焼きが美味しくて味を覚えていない。覚えていないってことはたぶん普通の味だったのだろう。

食事を終え、上機嫌で大型の船が着く港に向かう。異国の精霊が船荷に紛れてついてきていないか探しに行くのだ。色々行ってみたいけど、地図にない場所にいきなり行くのはさすがに不安がある。人間からの情報収集はある程度したので、今度は精霊からだ。

精霊を見ながら歩く。潮風の精霊は元気一杯なのだが、他の精霊はちょっと元気がないみたい？　この辺は量産品の絨毯《じゅうたん》やら織物の倉庫か。精霊って同じ品物ばかりだと萎《な》えるのかな？

おっと、大事そうに運ばれる円筒形のものの周りを、精霊が興味津々みたいな感じで飛び回っている。きっと精霊憑きの人が作った絨毯か何かだろう。

そういえば風呂桶を頼んだ陶器《とうき》の街、どんなに忙しくても精霊に敬意を払ってから生産を始める工房と、効率重視で敬意を省略する工房では、精霊の寄りつく数が違ったな。

伝統に則《のっと》って作業を進める、そういう工房は仕事も丁寧《ていねい》。でも色々なものを省いて、一つでも多く作って売ろうという工房は多い。

砂糖の袋に精霊発見、砂糖の精霊ならきっと、遠い土地を知っているはず。人がいなくなるタイミングを待ったのだが、砂糖はお高いものなのでそばから人がいなくならない！

袋に向かって話してたら危ない人だし、心の中で話してたって、袋とじっと向き合ってるんじゃやっぱり変態だ。あの袋売ってくれないかな？　ちょっと交渉してみよう。——船主が違う袋を売ってくれました。違う、そうじゃない！

ちょっと物陰で袋を【収納】にしまい、他の精霊を探す。ひときわ立派な船についてた船の精霊と、船に見とれているふりをして話す。

寄港したいくつかの港の情報を手に入れたので、まずはそこに行ってみよう。図書館で写し取った地図もある。変な怪獣が描いてあってイマイチ信用ならなかったのだが、大まかには合ってるっぽい。最悪、魔物だらけのところに出たとしても、結界を張る魔法を覚えたので、発動させてから行けばなんとかなる、はず。

必要な情報を手に入れてほくほくしながら家に帰る。あとは精霊の名付けをしたら、リシュと遊んでダラダラしよう。

再びの島、金銀から説明を聞いたあとの、ソレイユ嬢との打ち合わせ。参加はソレイユ、金銀。マールゥはナルアディードにお使い中。

「資金があることは確認させていただきました。ですが、資材の輸送にかなりかかっています」

精霊剣は、1本で城の値段と一緒と言われている、ものによってはもっと。

城の値段もピンキリなんで、実はイマイチ比較の価値がわからないんだけど、まあ大金だ。

でも無限ではない。

「あとで足しときます」

「……」

ソレイユと金銀の視線が痛い。

「何で資金を得るのかお伺《うかが》いしても？」

「とりあえず持っている魔石を売り払う？　あ、ダイヤモンドは見かけたら購入を頼む」

ヴァンのポップコーン用に。

「数が揃ってらっしゃるのならば、こちらで販売いたしますか？　ひと月後になってしまいますが」

ソレイユは金銀を通して、1カ月後に商会を立ち上げる根回し中だそうだ。潰した商会からすでに何人か捕まえたと聞いた。

「じゃあ頼もうかな。魔石って、歪なのは形を整えた方が売れるのか？」

「それはもちろん。色や透明度にもよりますが」

「翡翠《ひすい》の腰痛避けって売れる？」

「装飾品として優れていればですね。腰痛の軽減はおまじないみたいなものですし。一つ見本をいただければ、注文を取ってみます」

こっちでは翡翠を腰につけとくと、腰痛が軽くなるとかそんな迷信がある。オオトカゲの魔石は、冷え冷えプレートに使ってもたくさん余るので売り払おう。

「主《あるじ》は島の産業を青い布にすると考えてらっしゃる？」

「ああ、だがもう一つくらい欲しいな。服の色なんか流行り廃《すた》りがありそうだし」

「最初に高品質のものを提供できればあとはブランドになりますので、真似されて値が下がる心配は無用でしょう。顧客になりそうな貴族は産地や製造者にこだわります、自慢になりますからね」

どっかで同じようなことを言われた気がする。こっちの貴族はそういう性癖《せいへき》なのだろう。

特許がない代わりに秘匿《ひとく》がある。そして秘密が漏れても、最初に売り出して名前を広めてしまえば、名前買いが起こる。よっぽど品質に差がない限り、違うブランドのものを買う人は一段下に見られるため、貴族などはこぞって名前買いする。だから、最初に売り出して名を広めてしまえば勝ちのようなところがある。

他に、島民に新しい野菜や果物を育ててもらい、販売を考えていることも伝える。育ったものも販促になるくらいは欲しいけれど、基本は種や苗を売って増やしてもらう予定なので、広い土地は必要ない。商売というより野菜を広めるためのものなので、人件費が回収できる程度の儲けでいい。こっちの人件費安いけど。

他に儲かりそうなものとしてはランタンやら鏡やらがあるけど、これは当面作るのは俺だけだろうし、島の産業かと言われると微妙だ。

染色の場所をどこに設けるかとか、織機《しょっき》を購入して住民に貸し出すとか、染色職人は給与低めにして出来高払い、織物は——など具体的な体制を詰めてゆく。城の工事が一段落したら、すぐに生産できる体制を取りたいらしい。

俺の計画の曖昧《あいまい》な部分を、潰すように決めてゆくソレイユ。若干俺の資金的無計画さを言外《げんがい》に責められている気がしないでもない。

「『精霊の枝』はどうされますか?」

「ああ、もともとあったとこでいいんじゃないか? 城門を出た広場の真ん中」

アウロの質問に答える。

「では水盆《すいぼん》はどこから?」

「水は城から流すからいらない」

「水盆を鐘楼に設置するんじゃないのか?」

キールが聞いてくる。

「置いてもいいけど、今のところは予定ないな」

『精霊の枝』にも水を汲み上げる陣があって、敷地に水を循環させている。水量はとても少なく、精霊に触れた水は回復薬の材料になるし、とてもお高い。

水盆とは、精霊が遊ぶために設けられた水を張った皿であり、その水を汲み上げるシステム全体のことも指す。

「井戸から汲み上げて流すのか？　現実的ではないな」

憮然《ぶぜん》としてキールが言う。

岩盤があるお陰で、海に浮かぶ島の下にも真水があって、防水をちゃんとしながら掘ればしょっぱい水を飲まずに済む。だけど、固い岩盤を突き破るのはなかなか重労働な上に、深い井戸から毎日水を汲むのも一苦労。

まあこれはこの島だけじゃない。河川が少ないので、深い井戸を用いる国は多い。魔の森の中は結構水辺が多い――というか、クリスの弟くんが向かった湿地帯の神殿といい、人の少ない辺境の方が、水が多い気がする。

なんかあるのかな？　あとで図書館で調べてみよう。

「まあ、水のことは気にするな。渡した図面通りに水が通る前提で進めてくれ」

「あれは本気だったのか？　水盆でも井戸でも水量は賄《まかな》えないと思うがな」

「いいの！」

胡乱《うろん》な目で見てくるキールに言い切る俺。

「……では、広場に面した住居もこのまま改修を進めます」

「水盆の設置はあとからできるからな」

「頼む」

諦めたらしいアウロとキールが了承した。

城門前の広場は、真ん中に『精霊の枝』。それを囲むように酒場と宿屋、飯屋、あとは店舗と住居兼用の建物。広場から桟橋に続く通路の左右の家を店舗兼用にするかどうかは、まだ迷い中。観光地でもないのに店舗だらけってのも困るし。

「税の種類は？」

「15歳以上に人頭税、家を持っている人に資産税、相続税、酒税、商売してる人の売り上げに税金。市に参加する時にもらう市場税、住民以外の入国税。農地、水車、圧搾機《あっさくき》、俺の持ってるものを使う場合の使用料だろ？　あとなんだ？」

ソレイユに聞かれて、指を折って思いつくものを挙げてゆく。

一般的な税金の種類や掛け方、徴収方法などを教えてもらいつつ決めてゆく。あと、こっちの一般的な法律の確認と罰則・罰金とか。面倒だけど、決めたあとはソレイユに丸投げなので頑張ろう。

とりあえず今後1年間は、商品売買に関係する以外の税金は免除の方向。住民もいきなり税金とか言われても困るだろうし、新しい産業や街が落ち着くまではね。

だいぶ住民に甘いって言われたけど、こっちの世界の生かさず殺さずな税の掛け方と比べないで欲しい俺がいる。代わりに島に一時的でなく住んだり、家を持つ条件は厳しくした。

今いる住人以外は、俺の建てた家に入ることになるのである程度選択させてもらうし、ナルアディードみたいに地面が見えないほど家と路地だらけの島とかにならないよう、人数も絞る予定だ。家の分しか受け入れぬ！

その前に住みたいと言ってくる人がいるか謎だけどな。打ち合わせは1日で終わらず、翌日も。４人で額《ひたい》をつき合わせて形にし、最終的にまとめたものにサインをたくさん。「まだ出てくると思いますよ」という、アウロのありがたい言葉をもらった。こっちの世界には、日本のサッカーやろうぜのノリで国を作る奴もいるって聞いたのに！

2章　流水花の腕輪

今日は、カヌムの家の様子を見に来た。特に変わりはなく、屋根裏部屋に大福の姿もなく。雨の日は高確率でいるんだけど、今日は晴れてるからな。

しばらく島で難しい話をしていたので、頭を使わずのびのびしたい。アッシュと遠駆けの約束はないけど、たまには1人でルタを走らせるのもいいかな。そう思ってのここ貸し馬屋に行く。

「ルタ、おはよう」

相変わらず脱走しているルタと挨拶《あいさつ》を交わし、貸し馬屋の親父に用意してもらった鞍《くら》を置く。

「そういえば、ルタと仲がいい馬っていますか？」

親父に心づけを渡しながら聞く。1頭というのも寂しいだろうから、馬場ができたら2頭引き取るのもありだろう。

「最近預かった……」

言いかけた親父の言葉にかぶってバキッという破壊音。そしてルタに駆け寄ってくる白馬。

「これとよく一緒にいる」

えーと、脱走仲間か？　噛んでるんだか甘噛みなのか、判断に困るやり取りをする2頭を眺める。馬にも喧嘩《けんか》友達的な仲ってあるのか？　なんか親父の顔に心労のような諦めのような表情が張りついてる。うちのルタがすみません。

「預かりものの馬じゃ連れ出せないしな、どうしよう」

遠駆けに行くつもりだったが、なんか1頭残していくのも悪い気がする俺だ。

「こんにちは、君がルタの持ち主だね？」

……。白馬が走り寄って、現れた人物に甘える。

「ああ。こんにちは」

そうですよね！　馬を預かるっていったら馬の持ち主がいるわけで。手入れされたルタと同じような体型の馬って軍馬系ですよね。

美形、だが顎から上の遺伝子が強すぎる！　明らかにクリスの弟くんですね。そうか、冒険者ギルドだけじゃなくって、ここも遭遇《そうぐう》危険地帯だったか。

「オルフェーブルは僕の愛馬でね、ルタと仲良くさせてもらっている」

やばい普通のキラキラ系の騎士だ。何がやばいかって、なんかクリスのキラキラの方が親しみが持てる俺の感覚だ。最初どん引いてた記憶があるのに、いつの間にか慣れてた……っ！

で、なんで俺は、クリスの弟くんと遠駆けに来ているのでしょうか？　お互い愛馬からの圧に屈した結果なんだけどね。

ルタとオルフェが張り合ったお陰で、道中は無言で済んだ。鹿よりマシだったけど、俺が平気だと見るやスピード上げるのやめてください。

「君はなかなかの乗り手だね」

「いや、ルタ任せなだけです」

なんで顎割れてないの？　やっぱりクリスの顎割れは精霊のせいなの？

「君は冒険者なのかな？」

「登録はしていますが、あまり活動はしていないんです」

ちょっと精霊を見てみたら、顎に精霊いたあああああああっっ！！！

「僕の兄も冒険者でね、カヌムにいる間は少し手伝いをしているよ」

「当てましょうか、クリスでしょう？」

割れるの？　弟くんも割れるの？　オトガイ筋が発達するの？

「よく似ていると言われるよ、それに我が兄上殿は有名人のようだ」

「頼りにされていますよ」

あ、この精霊、割れ目じゃなくって顎のラインを楽しんでる。やたら整った輪郭《りんかく》はこのせい

か？

当たり障《さわ》りのない穏やかな会話を交わし、休憩時間を乗り切る。アッシュとの遠駆けならここで昼なんだが、少し早いし弁当を出すわけにもいかない。革袋から蜂蜜酒を飲んで終了。

弟くんにリード＝イーズと正式に名乗られたので、こちらも大人しく名乗りましたよ？　また貸し馬屋で会うかもしれないし。人はともかく、ルタとも会えないのはなあ。

「オルフェと仲がよくて引き取ろうと思ったのだが、残念だけど、その様子では無理だね」

同じことを考えていたらしい。ちょっと親近感を持ちつつ、戻った貸し馬屋で並んで馬のお手入れ。どうしてこうなった。

「では僕はこれで、機会があればまた」

「機会があれば」

貸し馬屋でリードと別れる。

どう考えても帰る方向が一緒っぽいが、俺は商業ギルドに寄って回復薬を納入。これで裏口から戻ればセーフである。

今日の昼は何を食べようかな。でっかい海老《えび》を茹でるか焼くかして、マヨネーズをつけてガブッとやろうか。

ふんふんしながら裏口に手をかけたところで、お隣に拉致《らち》された。

「なんだ？」

「ちと緊急」

安堵《あんど》したようなディノッソ。

「捕まってよかったわ」

困ったように笑っているシヴァ。

「ジーン！　私、求婚されちゃったの！」

ティナが抱きついてくる。

「はい？」

球根？　いや、それじゃ文章が変だ。吸魂する魔物なんてこの辺にいたか？

「お姉ちゃん、騎士様に結婚申し込まれたの～」

「クリスの兄弟～」

双子が畳みかけながら抱きついてくる。

「はい？」

「ちゃんとジーンが好きって断ったから」

思わずディノッソの顔を見る。あの爽《さわ》やかイケメン変態だったの？

「そっちも緊急だが、そうじゃねぇ。アッシュの方だ」

「うん？」

まさか二股《ふたまた》⁉

「アッシュに王家と公爵家から帰還命令が出た。伝えに来たのはクリスの弟だ」

「えええ？」

お家騒動は遠いところからじゃ何もできないし、アッシュも特に戻りたいとも言っていなかったので、ずっとここ《こ》こ《こ》にいるもんだと思っていた。あの爽やか変態、余計な話を持ってきやがって。――アッシュはどうするんだろう？

とりあえずアッシュたちに詳しく――話せるところまで話を聞こうということになり移動。場所は俺の家の2階、ディノッソが屋根裏から通り抜けて、アッシュたちを呼びにいく。

暖炉に火を入れて、お茶用に湯を沸かし始める俺。用意した皿もカップも真っ白。最近、磁器を作ってもらうことに成功したのだ。白いシンプルな皿に、ヨーグルトケーキと苺《いちご》のムースをスプーンで大きく掬って添える。生の苺も――外が騒がしい。

下に降りてゆくと、扉の前で言い争う気配。執事とディノッソの声にリードの声が混ざる。

「僕はリリス殿に護衛を頼まれている。近所とはいえ、レオラ様が素性のわからない者と会うのであれば立ち会いたい、そう申し上げている」

うわ、クリスが言っていた弟くんの面倒くささが炸裂《さくれつ》している気配がする。

「危険な方ではございませんし、国とも関わりはございません。素性が申し上げられないのは冒険者だからでございます」

「弟よ、私も親しくしている方だよ」

クリスが宥《なだ》めている。

「せめて一度お会いして顔を拝見したい」

護衛としてはとても正しいんだろうけど、まずそれなのか？　それにディノッソと執事コンビより強いのかと問いただしたくもある。でも、依頼人からしたら安心か。

「こんな顔だ」

家の前で押し問答されてもなんなので、顔を出す。1階を片づけておいてよかった、扉を開けても階段しか見えないけど。

「君はルタの——なるほど、ルタの飼い主ならば間違いない。失礼した」

あっさり引くリード。家に戻ってゆく後ろ姿を眺めて、みんな無言。クリスがリードについてゆきながら、こちらを見て片手拝みに謝っている。

ルタへの信頼、なんでそんなに高いの？　ルタは可愛いけど、傍《はた》から見たら暴れ馬だぞ？

「会ったことがおありですか？」

「ああ。今朝、ルタの様子を見に行って鉢合わせた」

2階に上がって、ヨーグルトケーキを出す。執事がさっさとコーヒーの準備を始めている。

「助かった。あいつ、なかなか頑固だな」

ほっと息をつくディノッソ。

「物腰は柔らこうございますのに」

「うむ、だが誰かとの約束を守る時だけのようだ。リリスによくよく頼まれたのだろう」

リリスは赤毛のあの女性だな。前に服屋で会った。

「久しぶりにジーンの菓子だ。食べながらでいいだろうか？」

アッシュがちょっとそわそわしてる？

「どうぞ」

執事がコーヒーをサーブして、とりあえずケーキを一口。うん、いい感じだな。

「甘くしたいなら、これかけて」

苺ソースをアッシュの前に置く。俺にちょうどいいってことは、アッシュにはちょっと甘さが足りないはず。

「ありがとう。美味しい」

幸せそうに食べるアッシュ。

「ふんわり滑らかで——冷えておりますな」

「ああ。美味いが、どうやって作ったかは聞かない方がいい部類だな、これ」

男どもには今後、常温の牛乳かんでも出しておこう。

「私はアズに頼んでリリスとやり取りをしていた」

アッシュが話し出す。

「うん？」

アズは強い精霊ではないが、鳥だけあって、移動は速くて得意だ。

商業ギルドや冒険者ギルドも精霊を使ってやり取りをしているため、人や物の移動はゆっくりだが、情報の移動はそれなりに速い。

「私が国を出てしばらくして、徐々に国がおかしくなった。リリスがそのようなことを書き送ってきたわけではないのだが、私からすると違和感だらけで、それがだんだん酷くなってきた」

「うん」

「カヌムのギルドでも、人がおかしくなる事件があったろう？　私は、私が放逐《ほうちく》され、父が病に倒れたのは、そのためではないかと考えた。あの国で魔法陣なしに精霊が見えるのは、私と父だけだったから」

精霊を使って何かされてると考えたのか。ディーンの妹は無自覚だったが、こっちは計画的な犯行だな。あと、隣に控えている執事も見えてるぞ。

「トルムという国がある。小国を挟んで国力は私の国より少し上、中原の戦乱に乗じて周辺の小国を併合《へいごう》している。やり方は、国が疲弊した時に援助をし、国民に王家を見限らせる。戦に関わっていない国も物資が入りにくく、貧しい国が多い。小国が立ちいかなくなることは珍しくないのでおかしいとも思わなかったが、どうやら違ったようだ」

「そのあたりは、私も裏を取りました。周辺国を落としつつ、随分前から狙っていたようです」

執事が口を挟み、一礼する。

小国って、俺が領主になれるくらいだから、街どころか村の規模のものがたくさんある。そっちを適当に落としつつ、そこそこ大きなアッシュの国を落とす準備をしてたってことかな？

「精霊の影響が解けるような行動は、避ける暗示も同時にかけている可能性が高かったので、アズに聖水を持たせてリリスに掛けてもらった。結果は予想通りで、あとはリリスが動いて秘密裏に少しずつ、高位貴族を正気に戻していった」

ケーキに苺ソースを追加するアッシュ。白いミルクピッチャーから、粘度のある赤い液体がゆっくり流れ落ちる。

「義弟を名乗っていた者が拘束され、父が助け出された。やはり毒を飼われていたそうだ。まだ起きられないようだが、じきに回復する」

なんか古風な印象の言い方だが、飼うというのは、毒や薬などを飲ませたり盛ることだ。

「それはよかったな」

どういった毒が使われたのか知らないが、回復薬がある世界だ。後遺症もないに違いない、たぶんだけど。

「リリスからの手紙だけでなく、王家からの帰還命令も届いた。おそらく王家はこの眼《め》が欲しいのだろう」

いつも視線を合わせて話すのに、今はソースを見つめている。赤い雫がぽたりと垂《た》れる。

「アッシュはどうしたい？」

肝心《かんじん》なことを聞く。

「公爵家の者として、王家の命には従い、出頭する」

「アッシュ、公爵家から放逐されてたよな？」

「む……」

眉間に皺を寄せて怖い顔で黙り込むアッシュ。出会った時、公爵家の者ではなくなったからと、回復薬を使わず大怪我をしたままだった。

「ジーンが聞いてるのは、責務じゃなくって、アッシュがどうしたい、ってことだろ？　育ちからして難しいのかもしれねぇけど、今何をしてもいいって言われたら、何をしたい？」

ディノッツォからの助け舟。そういう風に育てられたのか、単に性格なのか、やるべきことを淡々とやる感じで、アッシュは自己主張が少ないんだよな、表情も乏しいし。甘いものを食べるとご機嫌なのはわかるんだけど。

「自分がしたいこと……」

「うん、アッシュのしたいこと。叶《かな》えてやりたいけど、それがわからないと動けない」

「ジーンのお菓子を食べたい」

ぽそりとアッシュが言う。

「うん」

「ジーンの料理を食べたい」

「うん」

「ジーンの髪に触りたい」

「うん？」

「ジーンの鎖骨《さこつ》を見たい」

「……うん？」

「ジーンの胸を触りたい」

「えっ？」

「ジーンの服を——」

「わー！　わー！」

真顔で何を言い出すんだ！

「お嬢様……。騎士の宿舎ではございませんので……」

やんわり諌《いさ》める執事。

「む。周囲は大体このような感じだったのだが、特殊か？」

「見本には不適当でございます」

「本当に男所帯の中にいたんだな」

少し同情の籠もった眼差しをアッシュに向けるディノッツソ、そして俺を見て噴き出す。あとで覚えてろよ⁉

「言い直そう、ジーンのそばにいたい」

俺はもしかして熱烈な告白をされたんだろうか？　過去何回かの経験のせいで、本当に告白されても信じられないだろうと、漠然と思っていたんだけれども。

「菓子と料理は保証する、髪も時々触ってもらって構わない。鎖骨はまあ、これから暑くなるから――」

他は未婚の男女ではちょっと問題がですね……。あと、苺ショートを出した時みたいな顔をされてるので、すごく続きが言いづらい。

「俺はやりたいことをできるのが楽しくて、自由に生きられる今を捨てられない。正直、俺の中では恋愛よりもはるかに重要なんだ。でも、態度をはっきりさせないのにとても卑怯《ひきょう》だと思うけど、でも」

一度息を飲み込む。

「アッシュにここにいて欲しい」

答えになっているだろうか？

「うむ。出頭したのち、父の顔を見て帰ってくる」

ん？

「ん？　帰ってこられるのか？」

俺より先にディノッソが聞く。

「おかしくなっていた貴族の他、トルム国と通じた貴族がかなりいて、とても民には隠しておけず、事件は公にされた。崩壊の直前で防げたこともあり、国が都合よく脚色した形でだが。特に義弟と父、私については、義弟を落とし、私を持ち上げる美談になっているらしいのでね、利用させてもらう。それに今の王国で、私を物理的に止められる者は少ない」

何をしていいかわからないけど、全力で助ける方向でいたら、すでに算段がついていた件。

「えーと、俺に手助けできることは？」

「ジーンは、どこかの国に知られたら、私よりよほど危険だろう？」

うっ！

「ジーン様、お嬢様と婚約なさいませんか？」

「何？」

はい？　執事はいきなり何を言い出すのか。

「神殿や『精霊の枝』で誓う正式なものではなく、貴族間でよくある、利害関係がなくなれば解消される書類上の婚約でございます。それがあれば、騙《だま》し討《う》ちのようなお嬢様と王族との婚《こん》姻《いん》などは阻止できるかと」

「確かにそうすれば色々やりやすいが――ジーンは貴族ではないのだ、気持ちが悪いだろう」

執事の提案をアッシュが否定する。

「お嬢様を国のものにするには、王族と婚姻させるのが確実かと。身分的にも問題はございません。婚姻は王族や高位貴族の責務。そこに個人の好みも意思もございません。実際、家から離縁《りえん》されるまで、お嬢様の婚約者は第二王子殿下でございました」

失礼しました、アッシュと色々結びつかなかった。具体的に言われてようやくピンと来た。

「まあ、正式に婚約の書類を整えずともよろしいのですが、見せるために婚約の装身具は欲しゅうございます。その贈り主として名をお貸しください」

婚約の装身具は、いわゆる婚約指輪的なもの。こちらでは婚約や婚姻がダメになった場合、売れば女性が最低3カ月生活してゆける貴金属を贈る習慣がある。女性が商家の主人とかだと、逆に女性が男性に贈る場合もあるけど。

貧富の差や身分の差が激しい、この世界らしい習慣なのかな？　貴族の婚約時に贈る装身具は指輪が多く、使う宝石は魔石が必須。ただアッシュは剣を握るので、石の大きな指輪とかは邪魔になるから、指輪以外がいいかもしれない。なお、こっちでも結婚の場合は指輪を交わす。

「ノート、無理強いするものではない」

「実際に名を出すことはなく、教えられない想い人だと答えればよろしいかと。――お嬢様がリード殿にこちらに戻ると伝えた口上は、『守ると誓いを立てた人がいる』でございます。それを聞いてリード殿も、いざという時は国からの脱出に手を貸すと約束してくださいました」

途中から、アッシュに聞こえないように小声で囁《ささや》く。声に方向性を持たせる能力でもあるのか、不思議なことに執事の声は顔を向けた側の人間にしか聞こえないのだ。

「漢らしい」

隣のディノッソが感心半分、困惑半分くらいで呟く。

こう、俺の出番がない！

「わかった。名前を貸すだけじゃなく、装身具は俺が用意しよう。どんなのがいい？」

アッシュは嘘が苦手だし、俺が本当に贈った方がいいだろう。

「ジーン、意に沿わないことはせずともいい」

「いや、俺も何か助けたい」

執事の圧に押されたわけではなく。

「……腕輪で。戻ったらすぐに返却する」

アッシュにそう言われると、ちょっと残念な気もしないでもない。あとディノッソはニヤニヤしない！

「ジーンは本気で作るなよ？　そういうのは本番に取っとけ。どうせ一緒に買いに行くんじゃなくって、作るつもりなんだろう？」

どんなのを作るか考えていたら、ディノッソに釘を刺された。そうか、好みに合わないものは困るな。なるほど、一緒に選びにゆくこともできるのか、学習した。さすが既婚者《きこん》。

「私は宝飾品に疎《うと》い。ジーンの好みで選んでもらった方が嬉しいのだが……」

む、ただし人によるのか。

「お前に任せると規格外になりそうだからな。魔石は俺の手持ちから用意してやるよ、あとで選べ。お前が作るとどうせ目立つ、魔銀《まぎん》以外は使用禁止な」

「妥当でございますな。そちらで目立ちすぎて戻れなくなっても困りますので……」

制限つき！　まあ、カヌムでは目立たないことを目指してるしな。島の方はどの辺まで目立っても平気か、実験しているところもある。

その後、アッシュと一緒にディノッツォの出した魔石から使う石を選んだ。アッシュが選んだのは、小指の先ほどのスピネルの紫。スピネルは魔力に反応する石として、魔術師とかがよく身につける。様々な色があるのだが、レッドスピネルが人気でお高い。

「これでいいのか？　スピネルなら赤の方がよくないか？」

赤は力を引き出しやすく、火伏《ひぶせ》の護符になることで有名だ。

「うむ。これがいい」

紫系が好きなのかな？

「あー。カラーチェンジがありゃよかったな」

「カラーチェンジ？」

「スピネルのカラーチェンジには、日光では明るい青灰色《あおはいいろ》で、蝋燭の明かりだと紫に変わるっつーのがあんのよ。珍しいし高けぇけど。ちと、お前の目の色にしては紫が明るいかもしんねぇけど」

ディノッツォの目が俺に、鈍い、鈍すぎる、と言っている。

青灰色はアッシュの色。俺の瞳は、アッシュが今選んだ魔石と同じ紫紺《しこん》。が、俺の中では日本人の濃い焦げ茶のイメージが強いんだよ！！！！　俺が鈍いわけじゃないぞ！　たぶん。

俺がいなかったせいで、聞いた時点ですでに出発が近い。慌てて作業部屋に籠もってコンコン——いや待て、俺は彫金《ちょうきん》をやったことがない！

とりあえずナルアディードに飛んで、いろんな宝飾店を見て回り、さらに工房を回る。金を払って見学中。球形は特別として、こっちの石って台座側は平らなのがほとんどで、そうじゃないのはちょっとだけ。

「おう、珍しいだろ。そりゃ、お日様の下じゃあんまりわからねぇが、蝋燭の明かりだと輝き方がすげぇぜ。シュルムの勇者様が考えた、夜会で人気のカットだ」

こんなところで、姉《ゆうしゃ》たちたちの痕跡《こんせき》を発見。どうやら俺の鞄と同じく、宝石のカットの種類を数点、商業ギルドに登録したらしい。奴らに金が流れると思うと少々抵抗があるので、今後このカットを使うのは回避しよう。ここの工房、もっと衛生面の文化広げろ、衛生面！　そう思いながら彫金師の仕事を見学、１日は学習に費やした。

翌日は道具を揃え、もらってきたスピネルと作業台に並べられた色違いの魔銀とを睨めっこ。

金属には、精霊や魔物の影響で色が変わるものがある。金は白金やピンクゴールドなど全体的に色が変わるのだが、銀は光と陰の境目の陰の濃い部分に、ほんのり色が乗る程度変わる。

さて、何色を使おう？　各色揃った魔銀のそばにそれぞれの属性の精霊が近寄り、持ち上げようとしたり頬ずりしたり、好きなことをしている。

スピネルが紫だと青系かな？　アッシュも水属性と相性がいいし。

光の加減で青みを帯びる魔銀を引き寄せ、寝ていた精霊がずり落ちたのを気にせず、スピネルと合わせて色味を見る。

どんなデザインがいいだろう？　あまり邪魔にならず、それなりに目立たないといけない。決まった相手がいるということを、そっとアピールするためのものだ。

自然と色味は抑えられるから、形を華やかに？　アッシュの第一印象は……いや、これは怒られるから忘れよう。アッシュの印象は清廉《せいれん》な水、でも静か。小さな花をつける蔓《つる》草みたいにしなやか。素材を眺めつつ、デザインをスケッチしようと思っていたのだがさて？

どう形にしようか迷いつつ、鏨《たがね》を打つ小さなハンマーで魔銀を軽く叩く。

だばっとね。

いや、いきなり潰れて、水みたいに流れ出してですね。なんでだ、精霊か。ぼんやりしたイメージをそのまま形にしてくれるのはありがたい。ありがたいけど、びっくりした。

さらに叩くと、なぜか緑を帯びた魔銀も一筋の流れを作って混ざってきた。滑らかに流れる魔銀が、蔓草と水の流れを合わせたような模様を作りながら伸びて、スピネルを飲み込む。小さな葉の形の魔銀がスピネルを支える状態の腕輪ができた。邪魔にならない程度に立体的で、滑らかで繊細な模様の腕輪。というか流れてるし。おい、この腕輪、模様が変わるぞ！

魔銀にくっついて遊んでいた小さな精霊が2匹、くるくると回って喜んでいる。

効果的には、指を切っても1日で治る程度の治癒、弱いけど抗毒、そして魔力増幅。2つは魔銀の効果で、魔力増幅はスピネルかな？　何事もなければわからない効果だからいいよな？いいはずだ。

「お前たち、この腕輪に憑いて、いざという時だけでいいから持ち主を助けてくれないか？」

魔力が増加するなら、この2匹くらい憑けても大丈夫だろう。手のひらに載るサイズのツユクサのような青い服を着た人型の精霊と、薄緑色の丸スグリみたいな精霊に頼んでみる。

敬礼する人型と、了解したというようにポムポムと跳《は》ねる丸いやつ。1匹ずつそっと手で包んで、お礼のつもりで魔力を分けながら名付ける。青い人型には青雫《あおしずく》、薄緑色の丸い精霊には緑円《りょくえん》と付けた。名付けについてはもう諦めて欲しい。

だって印象のままにツユクサとか付けたとして、ツユクサの精霊もどこかにいるんだぞ？ずいぶん以前に色が黄色いからってコーンって付けて後悔済みなのだ。

青雫はなんかミニスカドレスになり、緑円は2つに増えた。2つで一つなのかな？　精霊は色々謎だ。

アッシュ、執事、ディノッツソ、レッツェで昼。クリスとディーンは、リードに冒険者ギルドへ連行されている。出発間際なのに、いや間際だからこそ精力的に動いている弟くん。ディーンは俺に剣代を払うために、真面目に依頼をこなしているんだそうな。あとでトンカツでも差し入れてやろう。

「これ美味いな。パン、厚切りにできねぇ？」

「できるけど」

羽根ペンに使った鷲鴨《わしがも》のレバーのリエットを、薄切りでかりっとさせたパンに添えて出したのだが、ディノッツソはあっという間に平らげてこれである。

「俺も」

「む、私も食べたいが、これ以降もあるしな」

「ジーン様の焼かれるパンは美味しゅうございます」

お前らもか！　美味そうに食ってくれるんでいいんだけど。

「全部美味いけど、しばらく食えなくって食いたくなったのはパンなんだよなあ」

「パンもそうだが、俺はコーヒーもだな」

レッツェはどうやらリードがいる間、コーヒーを淹れるのを控えていたようだ。

レッツェにリクエストされた厚焼き卵、生ハムとチーズ、イワシの酢漬け。サラダはクレソンをウニとバターで炒《いた》めたもの。

「これ俺もチャレンジしたけど、イマイチ綺麗にまとまんねぇし、味も違うんだよな。なんか卵以外入ってるのか？」

「鰹《かつお》っていう魚と、昆布《こんぶ》って海藻の出汁《だし》が入ってる」

レッツェはどうやら出汁の味が好きな模様。和食増やそう、和食。

「この酒と交互にいただくのが堪《たま》りません」

執事のリクエストの牡蠣《かき》のグラタン。まだ草を食まず、ミルクだけを飲んでいた仔牛の胸腺《スウィートブレッド》の串焼き。そして肉をもう一丁、ディノッソのリクエストのラムチョップの香草焼き。

「なんだろうな、香草の匂いじゃなくって、肉自体のいい匂いなんだよな。臭くねぇし」

食料庫の素材がいいんだよ。

最後はショートケーキと紅茶。ケーキはアッシュのために、生クリームたっぷりで、上に載せる苺も増量。あんまりやるとバランスが崩れるのでほどほどに。

嬉しそうなアッシュを見ながら紅茶を飲む。他の男どもは執事が淹れたコーヒー。

「コーヒーも、なんかここで淹れてもらった方が美味いんだよな」

レッツェがぼやく。それは家から持ってきた水を使ってるからです、レッツェの豆は俺が提供しているやつで一緒だし。

「さて、美味い飯を食わせてもらったところで本題だ。明日出発だろう？」

皿を片づけ、コーヒーと紅茶のおかわりを淹れたところでディノッソが言う。

「またなんかやらかしてそうな気がする」

「大丈夫だ、今回は条件をつけた」

腕輪のことを聞いていたらしいレッツェの心配を、ディノッソが否定する。

「じゃあこれ」

そっとアッシュに差し出す、中央にスピネルを包んだ銀の花。

「なんだ？」

「腕輪ではございませんので？」

不審げなディノッソと執事。あれから腕輪は形が変わり、手首に近づけて腕輪としてつけようとすると伸びるという芸を見せた。

「綺麗な——腕輪だ」

アッシュの手に渡ると、氷が溶けて流れ出すように銀が崩れて、手首に絡む。それに合わせて姿を現す2体の精霊。

「美しい」

見とれて呟くアッシュ。デザインはどうやら及第点のようだ。

「……いやいやいや？」

固まったままディノッソが口だけ動かす。

「なんだ？　水銀じゃねぇよな？」

「坑道で一緒に拾ってきた魔銀を使用しました」

レッツェに答える俺。

「ディノッソ様……？」

執事がディノッソに顔をゆっくり向ける。

「俺!?　俺のせい!?　というか、それ本当に魔銀なの!?」

なんか1人でパニック気味なディノッソ。

「使ったのは魔銀ですよ、魔銀」

「使ったのは？」

「……」

顔を背《そむ》ける俺。レッツェが流してくれない！

「おい！」

立ち上がったディノッソから、さらに顔を背ける俺。使ったのは魔銀ですよ、完成後に【鑑定】したら、精霊銀とかになってたけど。なんか効果もアップしてたのだが、やっぱり精霊を憑けたせいだろうか。

いやでも、流れ出したのは精霊くっつける前だよな？

「この小さな腕輪に精霊が2体も……そのせいでしょうか？」

困惑する執事。

「精霊の影響を強く受けた魔銀って精霊銀じゃなかったか？　精霊がいるからそうなってんじゃねぇか？」

だからレッツェ、見えないのに言い当てるのはやめてください。

「あ。そうか、しまっといた箱に、やたら精霊がたかってた！」

なるほど。あの坑道で採れる魔銀にいろんな効果があるなら、もっと色々と精霊剣とか出回ってるはずだしな。なるほど、なるほど。

「ハエみたいに言うなよ！　材料全部を俺が用意すればよかった……っ！」

机に突っ伏すディノッソ。事故なんで許してください。

「それでも精霊が2体というのは、あり得ない気がするのだが」

「あ、それ暇そうだったから、腕輪の持ち主を守るように頼んだ。青い方が青雫、緑の方が緑円という名前だ」

　考え込んでいるアッシュに答える。

「頼むな！　それに精霊もそんな軽い感じで宿るな！」

　がばっと身を起こしてディノッソが叫ぶ。

「頼めば宿るもの――なのでしょうか？」

「なんかノート、遠い目してるけど大丈夫か？」

「大丈夫ではございません」

　大丈夫じゃない返事が来た。

「お前、俺は見えねぇからあんまピンと来ないけど、気軽に精霊を物に宿らせることができるのがバレたら、かなりやばいんじゃないのか？　権力者やその辺の冒険者、いや、冒険者以外からも頼まれるだろ？」

「う……。隠します」

　特定の人々だけじゃなく、その辺の人にまで迫られるのはさすがに嫌だ。

「幸い、精霊に関する知識がある貴族階級ほど見えなくなってるし、市民も見えねぇのがほとんどだ。大丈夫とは思うけど、万一バレたら、時間とか法外な値段の触媒《しょくばい》とかが色々必要になるって誤魔化《ごまか》しとけ」

「はい」

レッツェの言うことを素直に聞く俺。

作業は家でしかしないだろうし、俺と直接話したことがなければ、製作者と結びつけることができなくて平気だと思うけど、用心に越したことはない。気をつけよう。

「ディノッッソ殿とノートが元に戻らないのだが、大丈夫だろうか？」

呻《うめ》いているディノッソと、微動だにしない執事を見て、心配そうに言うアッシュ。

結局、腕輪は、婚姻の書類を作ることも言葉を贈ることもしていないので、ただの贈り物状態。あっちでアッシュの周辺の人が勘違いしてくれればいいだけなので、いいんだけど。

「はいはい、隠れて隠れて」

俺の言葉に、青雫と緑円が腕輪から離れてアッシュの袖に隠れる。

「とりあえず人目がある時は基本隠れるようになってるので、呼び出す時は腕輪に触って――触ってるか。出てくるよう願って」

「む、わかった」

アズが肩から降りて、ちょん、ちょんっと机を飛び歩き、首を傾げてアッシュの袖口を覗き込む。出てきた2匹と合流してちょっと楽しそう。仲良くなれそうで何よりだ。

「時々遊んでやってくれ」

「うむ」

「器物に憑いてる精霊って、そんなに離れられたっけ……？」

ディノッソが訝《いぶか》しむ。力の強い精霊なら短い時間離れられるが、この強さの精霊だと、普通は器物に必ず体の一部がついている状態だ。

「頼んだからいるだけで、正確には憑いてるわけじゃないから」

アッシュにアズがついてるのと同じことだ。腕輪の製作に力を貸してくれた精霊なので、腕輪と相性がいいんだろうけど。

「俺の常識が！」

なんかディノッソがぶつぶつ言ってる。

「どんな精霊なんだ？」

「親指ほどの青い衣の女児と、薄緑色の小さな丸い精霊だ。どちらも可愛らしい」

「へぇ」

レッツェの質問にアッシュが答える。

「ほう、では薄緑色の精霊は力をつけると大きくなるのではなく、増えるタイプかもしれませんな」

執事が復活した。

「ああ、薄緑色は増えたから、1匹は俺のところにいる。離れていても意思疎通できるみたいだから、危なくなったら知らせが来るはずだ」

火の粉の精霊と同じように、増えやすく消えやすく、そして強くないけど、集団にはなれるタイプの精霊。人間や動物の姿をしたやつは個体で強くなって、形が簡単になるほど増える傾向が強い。ルフ国時代の精霊学の本では、原初の精霊とかに分類されている。

「姿がわかると能力も類推できて便利だな」

「色で属性くらいはわかるけどな。自分の精霊以外は大抵光の玉にしか見えねぇし、頭がいいやつは偽装しやがるからな」

興味深そうに言うレッツェに、ディノッソが答える。

「え？」

「ん？」

待て、光の玉？

「……」

沈黙が落ちる。

「アッシュって、ディーンが頭に花をつけてるの見えたんだよな？」

「ああ、他人に使われた精霊の痕跡《ちから》は、本体から離れているせいか見えやすい。ただ、精霊の本体は精霊自身が姿を見せてよいと思っていない限り、私も見定めるのは難しい。猜疑心《さいぎしん》の強い精霊の場合は痕跡をも隠すことがある」

相変わらず無口なのに、聞いたことには答えてくれる。なんか王都観光で会った時を思い出して懐かしくなる俺。

「ディーンの妹殿に憑いていた精霊は、自己主張するタイプだった――全く隠しておらず、ディーンの妹殿と憑いた精霊が、本当に悪気なく力をばらまいていると判断した所以《ゆえん》だ」

なるほど。精霊の影響とはいえ処分が甘いんじゃないかと思ってたけど、わざとじゃなかったからというのもあるのか。隠していたら悪質だってジャッジが下って、処分が厳しくなった可能性があるのか。

今では俺も、精霊が気ままに色々やらかすのを知っているので、ちょっと納得。

「……ということは、俺だけ。あの苦しみを味わってたのは俺だけなのか……っ！」

机に突っ伏す俺。

クリスの顎精霊とかディーンの臭い精霊とか、リードの馬マッチョ精霊とか！ そりゃ近くにいるだけとか、飛んでるだけなら、そんなに気にならないだろうさ！！！！

リードに憑いていたのは、頭にツノのある馬頭《めず》みたいな精霊なのだが、色が白いので光の精霊系らしい。ちょっとオネェっぽく、それが時々マッチョポーズを決めながら、リードの顎を撫でていた。

　そうか、俺だけか。

「まあ、見えるなりの悩みもあるよな。便利だなんて言って悪かったよ」

　突っ伏した俺の頭をぽんぽんと叩くレッツェ。

「む」

　アッシュは参戦しなくてもいいというか、両方からぽんぽんされると餅《もち》つきみたいだからやめろ。

　そして、何か誤解を生んだ気がする。あとでなんとか俺が見ている顎とか、臭いとか、マッチョの世界を共有させたいところ。

「ああ、そうだ。よかったらそこの包みも持ってけ」

　気を取り直して忘れないうちに。

「なんでございますかな？」

「アッシュの服」

　夏だし、またサイズが合わなくなっている。胸はないが、男装の麗人《れいじん》に見えるくらいには。

「皺が寄らないようになってるから」

「それは旅に重宝いたしますな」

アッシュの服の管理は執事である。カヌムの服屋は下着の類はともかく、古着屋が主で、城塞都市とかから回されてくる。下着類も普通は家庭で縫《ぬ》うらしいのだが、ここは独り身の冒険者が多いので縫ってくれるところもある。仕立て屋もあるけど、生地はあまりいいものがない。

そういうわけで、下着以外は俺が有料で承《うけたまわ》ってます。最近は生地が普通でも怪しい服ができるので、作業場はカヌムが多い。シヴァと並んでよもやま話をしながら縫っていることもある。ティナも隣で刺繍《ししゅう》を習っていたり、穏やかな家庭の雰囲気を楽しませてもらっている。

「あの馬《ば》……第二王子殿下は、お母上に似てお美しくなったお嬢様を見てどんな反応をなさるか」

なんか執事が笑顔で黒い。あと、綺麗だけど胸はない。どちらかというと女性に騒がれそうですよ？　執事って実はアッシュのことになると、結構判断力が低下する？

「故郷で目立って帰りづらくなると、困るんじゃないのか？」

レッツェが軽く引きながら突っ込む。

「……そうでございました。お嬢様の評価の回復をしたい気持ちが——難しいものですな」

小さなため息をつく執事。

◆◇◆◇◆

何ごともなくアッシュを見送ってから3日。

カヌムの家で回復薬を作ってはごろごろ、魔石を加工しては大福にもちもちさせてもらって癒されて、日々を過ごす。大福って、大きさから考えるとディノッソのドラゴンより高位の精霊なんだな。丸まったサイズの時に大体同じくらいの印象だし。攻撃タイプではないので、強いか強くないかはわからんけども。

俺の親しくしてる誰かと契約してくれると嬉しいけど、どうだろう？　姿をちょいちょい見せているようだし、レッツェには尻を向けて——信頼の証っぽい——いたし、まんざらでもないと思うんだが。

レッツェ曰《いわ》く、もう執事が根回し済みだそうで、アッシュは心配ないらしい。王家は公爵家に逆らえない状態とか、怖いことをさらっと言っていたそうだ。なお、俺とアッシュにはわざと言わなかった模様。おのれ！

そう聞いても、親しくなった人が外的な事情で離れてゆくのは、どうにもトラウマが刺激されて気分が低下する。今回の事情に姉は絡まないけど。あの時はようやくできた友達の方が、俺以外に無視されて散々な目に遭《あ》っていた。親が引っ越しを選んだのも無理はない。——申し訳ない、むしろ奴の方がトラウマだろう。

いかん、せめて外で作業しよう。引きこもりはやめだ。

そういうわけで、家に一旦戻ってリシュを連れて森の家。外壁はだいぶ出来上がってきている。腰のあたりまでは石積みで、その上は焦げ茶色の柱と白い漆喰《しっくい》の壁になる予定。漆喰は最後で、先に屋根にかかろう。

屋根はスレート瓦《がわら》。一定方向を叩くと簡単に薄く割れる石があって、それを瓦代わりにしている感じ。こっちでは結構使われている地域が多い。

ただ天然石の中には水が染《し》みてくるものも多くって、雨が少ない地域ならではだ。雨が降ったとしてもすぐに流れ落ちるように、屋根の角度は急勾配。染みてきてもすぐ乾くように余計なもので塞《ふさ》がない方向らしく、屋根裏に上がると木材の隙間から瓦が見えるのが普通なんだけど、ここはちょっと寒いし雪も降るので、屋根裏には手を入れる予定。

普通の焼いた瓦か、銅板葺《ぶ》きにするのが一番楽なんだろうけど、見た目がね！　柱や梁《はり》も完璧な角材じゃなくって、歪んでいるようなものをわざと選んだし。もちろん荷重や丈夫さは考慮した上で、さらに一回り太いのに変えたりした。

石同士もところどころカスガイを入れてる、元地震の国の住人です。こっちに倣《なら》って岩盤に当たるまで掘って、そこから壁を作ったけどちょっとドキドキするね！　岩盤に当たらなかった時にする、土台を広く取るのと併用したよ！

作業しながら家のことを考えていたら、気分が上向いた。今なら必要とされれば助けに行ける力があるし、いざとなったら全員連れて逃げられる。頑張れば国ごと潰せる気もする。

よしよし、前向き、前向き。

「リシュ、お昼にしようか」

蝶《ちょう》を追って結界内を走り回ることに飽きて、エクス棒をがじがじしていたリシュを呼ぶ。

リシュに水と肉、俺はバゲットサンドとコーヒー。ふわふわ卵サンドとかだと食パンやバターロールで作る方が好きだけど、今日はローストビーフとカマンベールチーズ、野菜はトマトとルッコラと玉ねぎ。

ローストビーフが入ると豪華に感じるし、ルッコラのちょっと癖のある苦さと玉ねぎの食感がいい感じ。海老とアボカドのバゲットサンドもいいし、鯖《さば》サンドもいい。バゲットはたくさん焼いたから色々作ろう。

昼のあとは森のさらに奥で戦闘、ここまで来ると俺の知っている動物の姿は少ない。物理以外の攻撃をしてくるモノも混ざってくる。

青い火を吐く獣《けもの》、毒の霧を撒《ま》きながら咆哮《ほうこう》する獣。

踏み込み、斬り払い、避け、必要ならば精霊に助力を頼む。――狩ることにもだいぶ慣れた。

そろそろリシュと一緒に来てもいいかな？　ついてきたがったらの話だけど。俺の得た力が間接的に流れ込むより、直接魔物を倒した方が効率的にリシュの力になるんだと思うけど、でもあまり倒しすぎると、魔物の心に引っ張られてしまうって言われてるしな。たぶん黒い精霊を取り込みすぎると、ってことなのだろう。

魔物を倒すと黒い粒子が大気に散る。精霊が生み出す「細かいの」と同じだ。何かに入り込んで影響を与えたり、細かいの同士でくっついて大きくなったり、多くはそのまま消える。

【精神耐性】が俺にあってリシュにないとは思えないが、どうなんだろうか。

そろそろ物理があまり効かない敵との戦闘も真面目に考えよう。そう思いつつもなかなか踏み出せないのは、西も北も人型の敵が多いから。【精神耐性】はあるけど、人型大丈夫かな俺。

耐性はあっても平気になるわけじゃない。精霊や魔法で心を侵食されたりはしないし、折れることはないけど、痛む。まあ、過去の記憶から浮上するのは早くなったかな。

5、6匹倒したところで気を鎮《しず》める。周囲に襲ってくるような魔物の気配はない。

「エクス棒！」

【収納】からずさっと取り出す。

「あいあいさー！」

名前を呼んだことにあまり意味はないのだが、ノリのいいエクス棒は元気よく答えてくれる。

【収納】の中では完全に眠りについて、封印状態になるとか言ってたので、何か鞘《さや》のようなものを作ろうと考えている。取り出しやすくて邪魔にならないような……何かいい形ないかな。

「このあたりの探索といこう」

「おうよ！」

エクス棒で木の根元の草をガサガサやったり、洞《うろ》の深さを測ったり。森の奥に進むほど、気候と環境が変わった場所が多くなる。今いる場所はブルーベリーが生《な》っているので夏の森、季節がひと月、ふた月、早い。

野生のブルーベリー摘みはなかなか大変、なにせ丈が踝《くるぶし》くらいから膝《ひざ》下くらいまでしかない。エクス棒でなるべくたくさん生っている場所を探しつつ、中腰で摘んでゆく。

腰が固まりそう……。魔物と戦うよりきついんですが、どうしたら。エクス棒は笑ってるし。

陽が射す場所で一休みしようとしたら、今度はラズベリーを発見。ラズベリーが生《は》えるのは、こんな風に倒木とかで森の開けた場所だ。でも摘むのはちょっと休憩してから。

倒れた木をエクス棒でつついて崩れないのを確かめ、腰を掛ける。まずお盆を出して、その上に紅茶とフロランタンを配置。フロランタンは、クッキーの生地にキャラメルでコーティングしたナッツ類を載せて焼き上げた菓子だ。今回はアーモンドにカボチャの種を混ぜてみた。

運動もしたし、労働もした。陽の射す森で午後のお茶、幸せだ。

翌日、唐突に、作業場に精霊が多い理由に気づいてしまった。

家には番号じゃない名の精霊と、火の粉の精霊とか、家で生活していて生まれる細かいのしか入れない仕様。

薬を作るために増設した作業場は、外扱いか！　家の中にも、本来ならすぐに消えてしまうような細かいのが留まるどころか、なんか大きくなったのもいる。家での作業は危険だ。

鍛治や染色する場所がカヌムにはないからしょうがないけど、少なくとも薬は変な効果がついたら怖いからカヌムで作ろう。作業場は調剤場所として作ったのに、おかしいな？


「これは大丈夫です」

「何がだ」

出す時に独り言を漏らしたら、キールに突っ込まれた。

先日話した通り、ソレイユについでで販売してもらうための魔石を島に持ってきた。

一番多いのは、オオトカゲから出た翡翠だ。カヌムにただ引きこもってたわけじゃなく、せっせと大福をこねながら磨いたやつだ。違う、単にせっせと磨いたやつだ。大丈夫、変な効果はついてない。

翡翠は綺麗なままのものもあるけど、大抵は表面が茶色くくすんでしまっているので、磨いて緑色を出した。綺麗な緑で透明度が高いものが価値が高く、綺麗な色が出なかったものも粉にすると腎臓《じんぞう》の薬として売れる。

「翡翠ね。腰に当てておくと腰痛に効くっていう迷信のせいで、年配の方に人気ね」

そう言いながら、俺が適当にランク分けした翡翠をチェックするソレイユ。

粉が腎臓に効くなら、腎臓を悪くすると背中や腰に痛みが出るので、腰痛に効く迷信の由来はそのせいかもしれない。そしてこっちの魔石は、精霊というファンタジー効果がですね……。

日本の感覚で効くわけないと思ってると、本当に効いたりするので馬鹿にできない。

「これ反則……じゃない、一つだけ販促品を持ってきた」

中国の腰につける佩玉《はいぎょく》のパクリで、透かし彫りをした翡翠に飾り紐をつけたものを渡す。

細かい作業だったので家の作業場で作った。精霊が来て腰痛軽減効果がついた。困ってカヌムに退避したが、細かい作業の道具がなく、ついでに飽きたので、残りは磨くだけにした。

以上のような経緯で一つだけ反則の販促品ができた。

「あら、いい出来」

「ほんの少しだが、本当に腰痛を軽減するから、他の商品の販売促進で腰痛持ちに貸し出していいぞ。販売は禁止、どうしても勝負したい時は売ってもいいけど、一つしかない」

完成前にカヌムに移動したので効果は弱い。

「本当なら、売り方によっては普通の屋敷くらいは建つわね……」

ソレイユの反応は、半信半疑といったところ。おそらく城を改修している誰かで試して、確認を取るのだろう。

「で、こっちは毛皮」

袋に適当に詰めてきた毛皮を出す。

「こちらは暑いから毛皮は――ちょっと！　これ、袋に適当に詰めていい毛皮じゃないわ！　手伝って」

ソレイユが金銀に手伝わせて、机の上で綺麗に伸ばす。森の奥で狩った三本ツノの銀狐の毛皮が2枚だ。マントにできるほどでかい。

ナルアディードから輸出されるとはいえ、何せ暑い場所。普通の毛皮の取引は、北の民族の島の方が盛んでそっちに集まる。ただ、防寒とかの日常品ではなく、珍しい毛皮はこっち。

「これの売り上げは俺の口座に入れといて。ソレイユの商会で手数料をちゃんと取れよ。あとこれ精霊金《せいれいきん》、商会設立おめでとう」

「精霊金……」

「商会の目玉にしてもいいし、自分の結婚用に使っても、どっちでもいいぞ」

精霊金は採れる量が少なく、馬鹿高い。武器や防具にすれば強力なんだろうけど、使い方は現在、金持ちの婚約や結婚など、特別な宝飾品だ。特にずっとつけておく結婚指輪やイヤリングにされることが多い。大金持ちになると腕輪とかネックレスにも使うみたいだけど。

特に侯爵以上は面子もあって、精霊石で金か白金の宝飾品が用意できないと、結婚が延びるそうだ。と、最近知った。金《かね》と人脈《つて》がないと手に入らないらしい。

――過去に、大部分が精霊金化した金脈が見つかり、大金持ちになった男の話とか、その精霊金で黄金の鎧を作った王様の話も伝わっている。その鎧が滅びの国に向かう海に沈んでいるという伝説もある。

常識的に考えて、親指の先ほどの大きさのものを渡すにとどめた。そもそも坑道ではそんなに魔金が採れなかったのもある。でも置いておくだけで魔金や魔銀が精霊石になるなら、ものすごく効率のいい金儲けだ。精霊、置かれているだけだとすぐ飽きそうだけど。

「主人は一体……？」

「隠遁《いんとん》してた金ランクに伝手《つて》がある」

不審そうなアウロに、手をひらひらと振ってみせる。ディノッソには王狼の名前を出していいと言われているが、とりあえず名前は出さない方向で。

「金ランク冒険者か？　どうやって――」

「キール、個人的な仕入れのルートを聞くのはよくないわよ。高価なものだし、これらは商業ギルドで鑑定をしてもらうわ。その方が信用にも宣伝にもなるし――ありがとう」

追求しようとするキールを止めて、ソレイユが礼を言ってくる。

そのあとは案内されて、城塞の修復状況の説明を受ける。

「中庭を囲む建物の修復はほぼ終了しました。あとは扉などの建具や設備を入れるだけです。修復のためにも、鍛冶場を先に稼働したいですね」

今は、簡易小屋で簡単な鍛冶作業をしている状態だ。

「腕のいい鍛冶職人をスカウトできる？」

「少し伝手を頼ってみましょう」

アウロの伝手って、ちょっと不安になるのは俺だけか？　聞き返したいが聞けない……っ。

「来月にはソレイユの友人も含め、何人かの面接をしたいのですが、予定はいかがですか？」

「最初の条件を守ってくれる人なら、人物はソレイユがいいなら俺はいいけど」

「もちろんこちらでも面談はいたします。それに、少なくとも本館の奥回りを担当するものは、直接契約していただいた方がよろしいかと思います」

「わかった」

予定を話しつつ、移動する。今度はメインの建物に入った場所、吹き抜けのホールだ。

「あのやたら綺麗に開いてる場所は窓でいいんだったな？」

「うん」

キールが言うのは、俺が夜な夜な石壁を『斬全剣』で斬って開けておいた場所だ。

「石工がトレーサリーをつけたいそうですが、どうされますか？」

待て、トレーサリーって何だ？　さらっと言わないでくれ頼む。

「どんなものだ？」

聞いたら、絵図を見せられた。あれだ、ヨーロッパの教会とかにあるやつ。工法の都合上、石積みの家では、大きな窓の上はアーチ状になる。そのアーチに石細工の模様をつけて縦格子を入れるあれだ。窓に配する石や鉄でできた飾りのことをトレーサリーと言うのだそうだ。

なお、そのアーチの必要性を理解せずに俺が壁をぶった切ったため、正常だった場所が何カ所か崩れた模様。すまぬ、すまぬ。

「博識だなキール」

「ふん」

「石工に聞いただけでございますよ」

……アウロはキールと仲がいいのだろうか、悪いのだろうか。イマイチ関係がわからん。

またまた移動して、石工に何枚かデザインを見せてもらう。

「こんな細かいの、彫れるのか？」

また時間がかかるんじゃないだろうか。そして窓は開くんだろうか。

「はい、もちろんでございます。ぜひ！」

「納期は？」

「全体の納期からひと月、いえ、半月ほど延ばしていただければ納めてみせます」

元の納期から半月か。ずっと徹夜でもする気か？

話を聞いたら、この石工は北の出で、子供の頃からこういう窓を見て、俺ならもっとこうするのに、みたいな感じで色々思い描いて石工になったのだそうだ。

「で、こっちで石工になったら、窓に鎧戸がついてた、と」

こっちは暑いので、窓は通常小さめ。陽を入れると温度が上がるから、昼間は鎧戸を閉めて陽が落ちた夜に開け放つ。

「はい……」

鎧戸や窓辺に花を飾る鉄の柵みたいなやつは、結構意匠を凝らしたものもあるけど、窓自体はシンプルな形。目立った装飾をしているのは見たことがない。

「納期は延びてもいいから、こういうのも作らないか？」

こう来たら、薔薇窓、薔薇窓。

「また金のかかることを……」

あーあー、聞こえない、聞こえない。

キールの声を無視して石工と話し込む俺。吹き抜けのホールに薔薇窓と、この石工の作りたい窓を設置する方向。元の世界のどっかの教会みたいだが、面倒なのでガラスに色は入れないし、聖人像もない。

石橋を渡って、左右に門塔のある城門館から中庭——こっちでは城壁の中は中庭と呼ぶらしい——に入って、正面がこのホールのある建物だ。

左右にはそれぞれ女性と男性の従業員の館がある。淑女《しゅくじょ》と騎士の館がそれぞれ独立してるのが、今の流行りなんだそうだ。俺の興味のない部分はざっくりした希望を伝え、確認はするけど、あとは金銀とソレイユ、職人たちに任せてある。自分1人ならともかく、大勢で暮らすために何が必要かはさっぱりだし。

中庭に面した城壁側の鍛冶場や炊事場、一般の兵や下働きが集う場所は、扉や窓の建具をつければもう使えて、炊事場で働いている者たちへの炊き出しが始まっている。建物がある程度出来上がらないと、資材の搬入で荒らされるだけなので、造園はまだ。

城壁と一緒になっている建物はともかくとして、メインの建物はガラスをふんだんに使う。遮熱《しゃねつ》ガラスだから多少外が暑くても大丈夫、明るい建物になるだろう。

防犯とか敵に攻められた時のためにと、注意を受けた。やたら細い窓があると思ってたら矢《や》窓《まど》だったり、城門の上に石を落とす穴があったり、昔の物騒だった名残があちこちにある。

遮熱にプラスして、ヴァンが影響を与えたアホみたいに丈夫なガラスは、防犯を考えて城門館と城主代理になったソレイユの執務室かな？　執務室は2階だから、1階の窓にもか。

俺が使う予定の場所も、土台はできたみたいだから、これから色々手を入れよう。森の家を作るのも佳境だし、ちょっと忙しい。

「本当にこの塔でよろしいのですか？」

「だいぶ端というか、警戒に当たる兵士の詰所じゃないか？」

「ここがいい」

俺の選んだのは、南東側の崖に張りついたような塔。島の端っこなので広々と海が見える。キールの言う通り、本来は海から来る敵を見張るための施設なのだと思う。俺のドラゴン見物の場所としてはぴったりだろう。

「抜け道があれば、本館を囮《おとり》にして逃げるのにちょうどいいが……」

ぎくっ。

塔はいくつかあるんだけど、城塞の崖下の船着場から直接来られる通路を見つけて、居場所をこの塔に決めた。大人がやっと通れるくらいの狭く暗い通路に、テンション上がる！

職人が入る前に偽装して、本当に隠し通路にしといた。もしかしたら島民は知ってるかもしれないけど、隠し通路です。すでに銀にバレそうだけど、隠し通路です。

計画としては、海に近い下の階の壁にぐるりとガラス窓をつける。普通のガラスはフレームを入れても耐久性がやばいだろうけど、ヴァンのガラスは丈夫なので、塔の石積みに十分すぎるほど耐える。むしろ石より丈夫。

作ったガラスは幅がそんなにないけど、長さはある。床のすぐ上から天井までを窓で囲まれた部屋は、なかなか壮観になるんじゃないかとちょっと楽しみ。

「防犯《われない》ガラス、余りそうだから、ソレイユの執務室とか城門館に回していいぞ」

「ありがとうございます」

アウロとソレイユは趣味がいいし、金銀の防犯意識は高い。2人に襲撃された過去があることを考えると、微妙な気分だが。

塔の下はドラゴンというより、海の風景を楽しむ場所。空気の澄んだ季節なら、遠くにドラゴンの住む大陸がうっすら見える、内海なので波は普段穏やかだ。嵐の日に海の中で魔物がうねると大荒れになるらしいけれど、まだ見たことがない。

真ん中より上くらいに、もう1カ所同じようなガラス窓の部屋。こっちがドラゴンの観察部屋兼、寝室。ごろごろしながらドラゴンが近くを飛ぶのを気長に待つつもりだ。

飛んでいるのを見つける前に、ドラゴンの大陸に行っちゃいそうだけど。それはそれ、これはこれだ。

本館から繋がる入り口付近には、客に会う部屋を一応作っとくか。あとはダイニングキッチンがあればいいかな。

上機嫌で計画を立てながら塔を見て回る。塔の出っ張りにある、海にそのまま落ちるダイナミックなトイレは見て見ぬ振りをした。海風が尻に染みたりしないいんだろうか？

いかん、建築計画のトイレチェックをもう1回しておこう。あと水回りもか。ああ、網戸はどうしようかな？　こっちは水が豊かと言えず、雨も少ないので水たまりを見ない。ボウフラが住めないので街の中に蚊はいないんだけど、これから水路をいっぱい作る予定だからな。


普通、井戸は、その重要性から主塔の付近や内部に設けられる。大昔は防御力のある主塔が主人の住居だったらしいけど、今は暮らしやすく利便性のいい屋敷を建てて住む場合がほとんどだ。そのため、丈夫な塔は罪人を閉じ込めるために使われたりしたようだ。

この城の井戸は、床とかの瓦礫《がれき》で埋まっていたけど主塔の中にあった。井戸を掘るのは場所によってむちゃくちゃ金がかかる。井戸を掘る費用が、その他の建築費用に匹敵してしまうことさえあるそうだ。

今も、水汲みで主塔へ行き来する職人の下働きが忙《せわ》しない。主塔はスルーして、館に隣接した鐘楼兼精霊堂だった場所へ。精霊堂は、『精霊の枝』の簡易版というか礼拝堂だ。ここの城主というかこの島は、大海の精霊を神として信仰している。

鐘楼は塔のてっぺんに鐘がついて、その音で島の住人にお昼を知らせていた施設だ。ボッキリ折れて崩れていた。主塔と城壁以外の場所は崩壊が目立っていた。住むには不便だけど、昔の建物はやはり丈夫なんだな。

それは置いといて、ここは俺が水を引いて欲しいと注文をつけた場所。

「もうすでに井戸はあるというのに、なぜまた？　金がかかる」

「岩盤のぶち抜きまでは頼んでないから、そこまでじゃないだろ？」

岩盤に当たるまで掘って、あとは井戸と同じように作ってもらった。ただし、井戸の石組みは塔のてっぺん近くまで。

「用途がわかりかねますが、まさかトイレではございませんよね？」

「なんでだよ」

江戸大奥のトイレかよ。確か御台所《みだいどころ》のトイレは万年《まんねん》とか言って、専用に深い穴が掘られていたはずだ。こっちにもあるのか？

よしよし、注文通りの空井戸。その上部があるのは、塔の展望台みたいなところ。細い階段を上がれば鐘を突く場所に着くけど、鐘の設置はまだだ。時計もあるしちょっと迷ったのだが、時計よりも鐘を撞《つ》く人の100年分の人件費の方がはるかに安いという。音階の異なる鐘をいくつも鳴らしてメロディを奏でる組鐘《カリヨン》がいいかなと悩んでいる。学校のキーンコーンカーンコーンを流したい誘惑に駆られているが、勇者ホイホイになりそうなのでやめておこう。

「ここの作業は終わったんだよな？」

「はい」

「じゃあ、アウロとキール以外はいいと言うまで立ち入り禁止で」

怪訝な顔をしつつも了承した2人に、お菓子を渡して本日は終了。あとでこそこそ水を得る魔法陣を描き込む予定だ。水汲みは大変そうだし、水路とかは俺のお願い通りに作ってくれてるけど、半信半疑だろう。早めに流して見せた方がいいかな。

藍染めも、そろそろ場所を準備して計画を進めないといけない。赤の染料ってコチニールっぽいけど、これは染色ギルドで内緒にしているようで手を出さない方がいいだろう。日本で食い物にも使われる着色料。天然のカイガラムシと知ってどん引きした記憶がある。

あとは紫か。こっちもカイガラムシで染められたりするが、アッキガイ科の貝を使って染める貝紫色は高い。高貴な古い血脈の色だそうで、すごくお高い。

高貴な家に生まれることを、「紫に囲まれて誕生する」と言うくらい権力者に好まれる色だ。ちなみにこっちも染色ギルドが製法を秘匿していたが、肝心の貝を乱獲しすぎて途絶えてる。

調べたら、一つの貝から得られる染色用の分泌液は3、4滴。Tシャツを染めようと思ったら1万個以上いる。貝が絶滅に瀕《ひん》するのも当たり前だ。ごくたまに魔物化したアッキガイが見つかるそうで、特に三本ツノを見つけたら一攫千金《いっかくせんきん》だそうだ。

島の住民との金儲けの方法を考えつつ、カヌムに移動して、籠に白ワインとブルーベリーのチーズケーキ、空いたところに卵やベーコンなどの食材の包みを入れてお隣へ。今日はシヴァの手料理を食べさせてもらえる日なのだ。


「お邪魔します」

「おう、来たか」

「ジーン！」

扉を閉めた途端飛び込んでくるティナ、それに続く双子。

「待て、待て。籠の生卵がピンチ！」

「ジーンいらっしゃい、ちょっと手が離せないわ」

台所からシヴァの声が聞こえてくる。

籠を置いてハグをし直し、暖炉の前に。ディノッソが枝で作ったハタキみたいなもので、鶏の丸焼きに何か塗《ぬ》っている。

「ローズマリーの枝にセージを括《くく》りつけてる？」

「そそ。これで落ちた鶏の脂とオリーブオイルを混ぜて塗る。かれこれ一刻はやってるんだ、楽しみにしろ」

そう言って時々鶏を回しながら、ペタペタと塗る。2時間もくるくるペタペタやってるのか！

「手伝った！」

「交代した〜！」

びっくりしていると、双子が自己申告。大体先にセリフを言う方がバクで、エンは後追い。

「おお、楽しみにしてる」

「私もお母さんの方を手伝ったのよ！」

「何を作ったのかな」

張り合っているのが微笑ましく、３人の頭を撫でて笑う。

「お待ちどうさま」

「おう、じゃあこっちも皿に移そう」

シヴァが台所から出てきて食卓を整え始め、ディノッツォは鶏を大きな焼き串から外して、皿と言い張る板に置く。

緑色のソースで和《あ》えられたショートパスタ、鶏の丸焼き、スープ、白ワイン。

「いただきます」

シヴァの料理は美味しいから楽しみ。

ショートパスタのソースはバジル、松の実をすり下ろし、オリーブオイル、チーズ、塩を合わせたジェノベーゼかな？　パスタは手打ち。スパゲティは腰のある乾麺《かんめん》の方が好きな俺だが、これはもっちりした食感がソースとてもよく合って美味しい。次にキャベツのスープ。

「あれ、酸っぱい」

「ザワークラウトのスープよ、初めて？」

シヴァが笑いながら聞いてくる。

「うん、ちょっとびっくりした」

「もちっと北の郷土料理だな。俺は酸っぱいの苦手」

ディノッソがそう言いつつ、スープをスプーンで掬い、じっと見たあとパクッと口に放り込む。

いろんな肉とザワークラウトをコトコトと3日煮込んで作るのだそうだ。ディノッソの酸っぱいの軽減用なのか、なぜかソーセージも1本入ってる。

「ほいよ、鶏」

ディノッソが鶏を切り分けてくれた。

「ありがとう」

口に入れたら皮は香ばしく、ぱりっとした皮の中のお肉はジューシーでふわっと。そしてほんのりレモンの爽やかさ。

ディノッソが切る前に、何か詰め物を取り出してたけど、あれがレモンだったのかな？

「そういえばリードが戻ってくるって話、知ってるか？」

「ああ、アッシュをここに送り届けるんだろ？」

食べながらディノッソに答える。

「それもあるが……」

「私のお婿《むこ》になりたいんだって」

「え。犯罪者」

ティナの一言に、つい口をついて出た。

「捕まっちゃう？」

「捕縛《ほばく》だー！」

双子がケラケラと笑う。

「俺のティナにあの野郎」

ディノッソがギリギリしている。冗談じゃなかったのか？　仕事以外は爽やか騎士系だと思ったのに！

「クリスの話だと、リードさんにはユニコーンの精霊がついてるらしいのよね。そのせいかしら？」

シヴァが首を傾げる。

「ユ、ユニ、コーン……？」

待て、あのマッチョ馬がユニコーン？　確かにユニコーンは処女《おとめ》好きらしいけど、あれがユニコーン？

「誰だ、そんな判定した奴は」

思わず食べる手を止めて聞き返した俺。

「何かあるのか？」

ディノッソがさらに聞き返してくる。

「リードに憑いてるのは、ユニコーンではないと思う」

こっちの世界で、あれをユニコーンと言うなら仕方がないが。

「違うのか？」

「馬っぽい何かだが。個人情報になるから……」

敵でもなければ味方でもない。事件も起きていないのに、人に憑いてる精霊の話をするのも何だか躊躇《ためら》われる。

ディノッソとシヴァに、エンのリスは見えているそうだ。大体、人に好意を持っている精霊は、憑いている対象と親しい人を認めたら姿を見せてくれることが多いらしい。

力の強い精霊が望んでならともかく、普通にその辺にいる精霊は、人の方に見る能力がないとダメだけど。あと、エンに精霊が見えても、ディノッソとシヴァの精霊はプライドが高くて姿を見せないのだろうとのこと。

……丸見えな俺はどうしたら。

「見たとしたら神殿か？　たぶん見える目持《ヤ》ちじゃなく、魔法陣でかもしれねぇな。ありゃ、抵抗を受けると、はっきり見える前に魔力が切れちまう。金を積んだ相手にゃ口も甘くなる」

「ちらっと見て、いい方に伝えたってことか」

よかった、どうやらユニコーンの認識がずれてるわけじゃなさそうだ。

「精霊の影響じゃねぇなら、本当に変態なのか」

「ティナは可愛いけれど、困るわねぇ」

「リードは王子様みたいだけど、ちょっと気持ち悪い～」

両親の意見とお子様本人の率直な意見が。

「別に金ランクの俺におもねってる感じでもねぇし」

「あと5年後に言ってくれればいいのだけど」

ディノッソが困惑して言えば、シヴァも困った顔で言う。

「パン屋の息子は？」

この間、店の前でティナが花をもらっていたのを目撃した。

「ジョンは鼻水、袖で拭くから嫌～」

「花に鼻水ついてた～」

「パン買えな～い」

……ジョン、風邪かアレルギーかどっちだ？　せめてハンカチ使え。

鼻水について苦情を申し立てる子供たちだが、それでも時々一緒に駆け回ってるのを見かけるので、友達ではあるんだろう。

ディノッソ家って、こっちの世界の住人にしては、衛生観念がしっかりしてるんだよな。俺が他の農家に行かなくなって、ディノッソ家に通うようになった理由の一つだ。

シヴァが貴族だったっていうから、その影響かな？　シヴァの経歴は漠然としてるんだけど、生まれた時からあの精霊が憑いていたとしたら波乱万丈《はらんばんじょう》だった気がするので、過去を聞いていいものか迷う。なんか身分と共に過去も捨てた気配があるし。

……俺の周りって訳あり多すぎないか？

「どっちにしてもダメ。ティナは俺といるの！　お父さんのお嫁さん～って言った！」

「ダメ～、ティナは今、ジーンのお嫁さ～ん」

笑いながら、なぜか腕を突っ張って言うティナ。

「お嫁さ～ん」

「お嫁さ～ん」

続くバクとエン。

毎度のやり取りが始まり、最終的に全員が俺の嫁ということで落ち着く。たぶん本気でお嫁さんになりたいわけじゃなく、でも一緒にいたいと思う程度には好いて懐いてくれているのだろう。その証拠に、お婿さん候補はアッシュ、ディーン、クリスとどんどん増えてゆく。レッツェもお勧めですよ、レッツェ。お髭《ひげ》がマイナスポイントらしいけど。


ディノッソの家から出るとすっかり夜だ。

「リシュ、ただいま」

カヌムの家から家に転移して、駆け寄ってきたリシュをくしゃくしゃと撫でる。

俺はお茶、リシュに水と肉。水はどこでも飲めるし、肉も食べる必要はないのだろうけど、なんとなく専用の皿で出している。

その後はしばらく遊んでブラッシング。暑くなってきたのに、夏毛に変わらないリシュは胸毛がもふもふ。暑そうだけど可愛い。

明日はクリス、いやレッツェに会いに行こう。そして、ついでにベッドマット作りの手伝いを頼もう。島と森の部屋のベッドとソファ分だから、結構数がある。あと、ランプの組み立てとか。雨の日に俺んちでバイトをしてもらう方向でお願いしてみよう。

それにしても、ソファ用のウレタン代わりになるような素材は何かないものか。耳かき用に竹も欲しいし、島の水源魔法陣を書き終えたら、ちょっとあちこちふらふらしてこようかな。

そんなことを思いつつ、風呂から上がってベッドに入る。牛乳飲んでるけど、背は伸びたんだろうか？　リシュが冷え冷えプレートにペタッと寝そべったのを見てランプを消す。


そして翌日の夕方、朝っぱらから行くのもなんなんで、酒と肴《さかな》を持ってお宅を訪問。賃貸物件になっているこの家は、扉を開けると正面に階段、右手に台所とか、居間に続く扉がある。

誰かいる時は鍵がかかっておらず、開けっ放しなことが多い。今日も開いてたんで、先に覗いたのだが、誰もいないというか、誰かが井戸で水浴びしてる気配。

今日も暑かったから、仕事を終えてさっぱりしてるのだろう。俺的にはまだそんな暑くないんだけど、こっちの人って結構暑がりが多い。ディーンなんか年がら年中、半袖とか袖なしとか着てるし。

とりあえずレッツェの部屋に行ってみることにして、階段を上がる。レッツェの部屋は2階の突き当たり。通りから入る扉に鍵はないが、部屋の扉には鍵がかかる。

「おう、なんだ？」

ノックをすると、出てきた。井戸の水浴びはディーンかな？

「まず袖の下」

酒と肴の入った籠を押しつける。

「お前、先に断れなくするのやめろ」

呆れながらも受け取るレッツェ。

「オイシイヨ」

「カタコトになんなよ。ほれ、入れ」

「お邪魔します」

みんなの集まる下で喋《しゃべ》ってもいいけど、水浴び中がいる。ついでにレッツェの部屋は、色々なものがあって面白いので遠慮なく。

「火をつけてねぇから茶はねぇぞ。何かあったか？」

だいぶ気温が上がってきたので暖炉は使わず、茶を淹れたり何かする場合は、下の共有スペースの暖炉か竈《かまど》を使うのだろう。部屋の暖炉は綺麗に掃除されていた。

「ちょっと聞きたいんだけど、リードって変だったか？」

俺も掃除しないとな、と思いながら聞きたいことを聞く。

「ああ……、昨日はディノッソのところだったのか。変っちゃ変だが、クリスからはユニコーンの精霊の影響だとも聞いている。俺は見えねぇから本当かよって感じだったが、リードはそれ以外はまともだったからな」

いや、馬に対しても変でしたよ？

精霊の姿は精霊の性質に影響を与える。——逆かな、精霊の性質が姿に影響を与えるのかな？よくわからんけども、薔薇の精霊は薔薇のドレスを着ていたりするのが普通だし、光とか闇とか、風——物質界に形のない精霊は、自分の興味を持ったものの姿を写す。

興味を持ったものを写すから影響を受けるのか、興味を持った時点でもう影響を受けているのかは謎だ。人間の前に出てくる精霊が、人の姿を取ることが多いのもそのせい。特に花の精霊は、花を愛《め》でる人間の姿を取ってることが多い、と言われている。

んで、ユニコーンの精霊は、きちんとユニコーンの姿をしてれば性質がそっちに引っ張られてるとわかるんだけど、馬頭だからなぁ。あと、ユニコーンの姿をしてたら、人よりユニコーンか馬のそばにいるはず。

ディノッソの火の精霊《どらごん》みたいなのもいるし、絶対ないとは言えないけど。――リシュ？　リシュはうちの番犬です。

色々混ざった姿をしているのは、悪意はないけど、人間にちょっかいを出してイタズラすることが多いって図書館の本で読んだ。馬と人の混じったあれはどうなんだろ？

俺が見た時は愉快な外見ではあったけど、そう悪いものには見えず、リードが馬に謎の信頼を置いてたのは、精霊の影響かもしれないけど、嫌な感じではなかった。

「ティナと対してる時のリードは、俺と会う前のディーンと似た感じ？」

俺はリードに二度しか会ったことがなく、その時はティナの話題は全く出なかった。

「……ディーンが妹に対してたのと同じような感じだな、たぶんだが。俺も影響を受けてたんで、はっきり言えねぇ」

レッツェが嫌そうに顔をしかめる。

「……」

「……」

なんとなく黙り込む。

「くっそ。気分悪ぃな」

乱暴に頭をがしがしと掻いて、吐き捨てるレッツェ。

ディーンに聞くのは蒸し返すようで躊躇いがあり、付き合いの長そうなレッツェにしたんだけど。そうか、ディーンの友達で冒険者だったら妹にも会ってるよな。

「俺、リードを避けてたから現場を見たことないんだよな。とりあえず戻ってくるのを待つか」

「あんま1人で無茶すんなよ。ティナの親は2人とも金ランクだし、クリスは銀ランクだ」

「はい」

そういえばそうだ。戻ってくるのを待つ間に相談しよう、伝えて丸投げでもいいのか？　どうやって話そうかな。

「下で飲もうぜ。俺だけ食ってたら恨《うら》まれるし、確かディーンもいい酒買ってたはずだ」

俺が持ってきた籠を持ち上げるレッツェ。

「いいけど、下はなんか水浴び中だったぞ。あと、この部屋でエロ本の捜索《そうさく》とかしたい」

友達の家でやる作法だと漫画で読んだ。

「せんでいい」

素っ裸で鍵をかけてねぇのはディーンだな、と呟き、レッツェが枕元から冊子を引っ張り出す。

「エロ本？」

やっぱりあるの？　寝る前に見る？

「違う。お前こういうの、興味ありそうだから」

パラパラと中身を見させてもらったら、虫除けの草の種類とか、逆に特定の虫を寄せる植物の種類だとか、その調合法や扱い方の注意が書いてある。

「虫除けはわかるけど、なんで寄せるんだ？」

「それを餌にする魔物をおびき寄せるためってのが多いな。逆にその虫を散らしとけば魔物も出てこなかったり。虫除けは虫刺され防止だけじゃねぇの！」

「へぇ」

考えていることが顔に出てるのだろうか、俺は。森に行く時に塗る虫除けクリーム用の調べ物しかしてなかった。

俺は【探索】で見つけてしまうけど、擬態《ぎたい》して隠れている魔物は多く、特に小さな魔物にその傾向がある。そんな中に薬の材料になるやつとかが混じってて、時々薬師ギルドから収集の依頼があるらしい。

エロ本の存在を誤魔化された気がするが、確かに興味はある。ただ、転移直後の蚊やブヨ、ヒルとかの被害のせいで、狩りのためでも集めようとは思わないけど。

「またどっか狩りについてっていいか？　あと雨降った時でいいから、家具の組み立てを手伝って欲しい」

「知ってるだろうが、俺の狩りは地味だぞ。それに、この季節は雨が降らないだろ」

ああ、そういえばこっちは、日本と違って梅雨がない。カヌムは、俺の家やナルアディードよりは降るけど、これから冬まで雨は少ない。

森は家より涼しいいし、積極的に狩りに行く気がする。お手伝い計画が頓挫《とんざ》しそう。

「今年は遠征《えんせい》の予定もねぇし、夏の依頼は少ねぇから3日にいっぺんくらいなら普通に手伝うぞ。酒と酒の肴で」

なんかまた顔色を読まれた気がするけど、労働力ゲット!


飲み会再び。こっちの酒はこっちのルールに則って飲むけど、『食料庫』から持ち込んだものと自作したものは、20歳まではと控えている。あと1年したら20歳だから、来年からは堂々と飲める。

レモンを5、6切れ入れたジンジャーエールを飲むことが多いのだが、本日はディーンがこっちのいい酒を開けてくれた。

「精霊剣作ってもらっちまったしな。とっておきだ」

保存が悪いので、春を過ぎると出回っているワインは酸っぱくなる。蜂蜜などを混ぜて、酸味を和《やわ》らげて飲むのが一般的。

ディーンの注いでくれたものは、皮とか混じっていない濁りのない赤ワイン。こっちじゃ相当お高いはず。正直、まだ酒の美味しさはわからないのだけども、嬉しくなる。

レッツェへの差し入れの籠には、渋みの強いどっしりした赤ワイン、チーズが3種類と豆腐の味噌《みそ》漬け、バゲット、豚バラに塩胡椒《しおこしょう》とハーブをすり込んで3日ほど干したあとスモークしたの。

ワインとチーズの熟成度《じゅくせいど》を合わせとけば間違いないって【鑑定】さんが言ってるので、つまみは塩味の強めな熟成したやつを選ぶ。ついでにチーズの顔をしている豆腐の味噌漬け。

レッツェがチーズを切ってくれてる間に、暖炉で豚バラを焼く。今回はつまみなので、適当な厚さにスライスして皿に盛って準備完了。

「酔っ払え、酔っ払え」

笑いながらディーンがなみなみと注いで寄越す。

「パンくれパン」

「はい、はい」

代わりにパンを寄越せというので、バゲットの皿をディーンの方に回す。

「相変わらず素晴らしいね！　次は私が白を用意するよ！」

クリスの大げさな物言いにもいつの間にか慣れたなと思いながら、杯《さかずき》を掲げて飲み会の始まり。

「牛……、いや山羊《やぎ》？　なんだこの匂い」

レッツェが豆腐の味噌漬けをつついて不思議そうな顔。味噌ですよ、味噌。

ワインは美味い、と思う。たぶん。ほぼ水分補給のための度数の弱い酒しか飲まないので、よくわからないのが正直なところ。でも自分で持ち込んだものより、ディーンが用意してくれたものの方が断然美味しい。

「クリスってリードとどんな兄弟なんだ？」

「普通だよ」

普通。キャラが濃いせいか、普通が想像できない。

「仲は悪くもなく、よくもなく。ある一点を除いては品行方正で自慢の弟だけど、可愛い弟と紹介するには薹《とう》が立ってるね！」

うん、リードは23、４の青年だから、可愛いって紹介されたらこっちも困る。

「うーん。実はリードに憑いてる精霊を見たんだけど」

「おや、私の弟の精霊は美しかったかい？」

クリスがワインを傾けながら、にこやかに聞いてくる。

「ユニコーンじゃなかった。俺はティナとリードが一緒にいるところを見たことがないからあれだけど、もしかしたら、ちょっとなんとかした方がいいかもしれない」

「あー、俺ん時と一緒か」

俺の微妙な言い回しに気づいたのか、ばつが悪そうに遠い目になるディーン。この3人は俺が精霊に触れて、ディーンが受けていた精霊の影響を取り払ったことを知っている。

それを聞いて難しい顔をし、考え込むクリス。レッツェは黙って酒を飲み、ちょっと気の毒そうにディーンがクリスの様子を見ている。

しばらくして目が合ったので、どうする？　という意味で視線を外さず首を傾げると、笑顔で口を開いた。

「リードが戻ったら、城塞都市の『精霊の枝』に連れてゆくよ。教えてくれてありがとう」

「ああ、本人に見せるのか。あそこ、腕のいい魔術師いるもんな。高けぇけど」

ディーンが言う。

「精霊が見えるのか？」

「魔の森にゆく冒険者の、一番の拠点だからな。『精霊の枝』やギルドに腕のいい奴が揃ってんだよ。憑かれた本人に精霊を見せて、場合によっちゃ話せる魔法陣だと結構有名だぞ？」

レッツェを見たらニヤッとした。絶対知ってたな⁉

「大抵は術者にしか見えないものだね。私も一度、自分に憑いている精霊の姿を見てみたいけど、大金を払う気は起きないかな。見えて話せるっていっても契約には至らないからね」

貯金を出して、魔銀を売って、と指を折ってゆくクリス。軽く言った割に結構な大金がかかるようだ。兄としては弟に出させたくないなぁとぼやく。

俺が魔法陣を作ってみてもいいんだけど、と言いかけてやめる。まだ時間があるし、作ってみてから言おう。大丈夫です、伝説の金ランクが拾ってきたことにすれば、アイテムの類は大体解決します。

それにレッツェが知っていて言わなかったのは、クリスにも解決能力はあるって俺に教えたかったんじゃなかろうか。

「見せるだけで改善すると思うか？」

通常、悪意のない精霊が与える影響は、強い意志があれば振り払える程度だとはいえ、ちょっと心配。

気になって調べたら、過去に神レベルの精霊がやらかしたことがあったらしい。傍から見ると、なんでそうなる!?　という目も当てられないようなどうしようもなさのくせに、国全体が影響を受けて、精霊が飽きるまで修正が利かなかった事例もある。

「今も諌めれば引き下がるからね、ちょっとユニコーンがついてるからって甘えてるところもある。仕えるべき君主を持つのは騎士の願いで、ユニコーンが懐くような乙女に剣を捧げるのは夢だから。だから我が弟は、ユニコーンとは違う精霊の姿を見れば変わると思うよ」

あれか、ユニコーンに自分を重ねてるのか。ナルシシズムな気配がするが、馬頭を見せて大丈夫だろうか……。思わず目を逸らす俺。

「……やはりバイコーンなのかい？」

不安そうにそっと聞いてくるクリス。

バイコーンは清純を象徴するユニコーンとは相反し、純潔を穢《けが》す存在とされている。そっちか、クリスとディーンはそっちの心配してたのか！　確かに魔術師に会ってそんなのを見せられたら、自覚持って抑制するだろうな。

あとユニコーンは白いが、バイコーンは黒いし、魔物と見分けがつかない感じの俺がいる。というか、バイコーンって魔物か？　もしかして？

「バイコーンではない。悪意のある感じはしないし、ルタと一緒にいる時も嫌な感じではなかった」

マッチョオネェな、つやつや光る馬頭でした。

飲み会の最中に、精霊関係の魔法陣をもう1回調べ直そうと思っていたら、大人しくしとけよとディーンに釘を刺された。レッツェを始め、なんで俺の考えていることがわかるのか。

3章　水路開通

今日は大人しく、ドラゴンのいる大陸を探索中。精霊に守られた、一番大きな都市があるエスという国に来ている。国名イコール都市名であり、川の名前でもある。だだっ広い砂漠に大きな川が流れていて、その河口の三角州に王都がある。

雨が降るのは海側にちょっとだけで、川の水が生命線。国を守る精霊はこの川の精霊なのだそうだ。砂丘があって、俺が思い描いていたスタンダードな砂漠だ。砂がいっぱいある。

砂に混じったガラスの材料を大量にゲット！

都市に入る前に、その辺をうろついていた砂の精霊から情報収拾。エスは代々女王の治める地だそうで、川の精霊も女性型だそうだ。王家の女性は代々精霊の巫女《みこ》でもあるそうで、精霊の姿が見えるか、声が聞こえるか、あるいはその両方の力を持つ者が王位を継ぐそうだ。

夏の日中の気温は50度超えだそうです。今のドラゴンの王が火の精霊の時代に生まれた火竜だそうで、先代の風の精霊の影響と相まって、この有様とのこと。――当代はあの玉ってことになるんだろうか、やだな。

ドラゴンが見られるかと思ってしばらくいたんだけど、暑かったので諦めた。日陰が恋しい！

エス川を下って色々な物資がエスの都に集まり、そこからナルアディードに送られる仕組みで、貿易の中継地として繁栄している。エス自体の産物はサトウキビと綿花《めんか》、エス川から採れる砂金のようだ。砂漠の砂は黄色っぽいガラス質を含んだ細かい砂なのに、川の周りは黒い土。エスの目という2つの渦《うず》のある場所に精霊が住まい、そこから水と共に湧《わ》き出て運ばれてくると言われている。

年に一度のエス川の氾濫が半月後くらいにある。その時にしか入れない古い神殿があるようなので、また来る気満々だけど、今日は都市の見学。

港で一般人は相手にされないけど、都の西側に巨大な市場《バザール》がある。迷路のように入り組んで、所狭しと商品が並べられ、吊るされている。

香水瓶、金細工、護符の類、綿製品、水タバコ、よくわからない土産《みやげ》もの。パイに餡子《あんこ》が入ったやつを見つけて食べたら、ナツメヤシでした……。ねっとりとした甘味があるんだけど、餡子だと思って口にしたのでコレじゃない感が半端ない。

ついでにこっちの民族衣装っぽい、ゆったりした踝まである服を買う。俺の格好、目立つ、目立つ。ズボン、黒の革だもんな。

ゆったりしているので、今着ている服の上から被ってしまう。体温より気温の方が高いので、長袖ですっぽり覆われた服は結構涼しい。なお、現地の皆様は下はすっぽんぽんの模様。

店の中を突っ切り、ぶら下がっている絨毯を掻き分け、雑多なものが溢れる店を冷やかしてゆく。

頭に載せた板に、パンをたくさん積んで歩く男。金の輪のピアスをつけた少女。客引きから次々声をかけられるのを適当に躱《かわ》して進む。

その中で目を引いたのは、透かし模様の美しい、真鍮《しんちゅう》で作られたランプ。パレスランプと呼ばれるものだそうで、店の天井にたくさんぶら下がっている。昼間なんで見えないけど、これに蝋燭を灯《とも》して吊り下げたら、部屋に綺麗な影を落とすだろう。

作業灯には向かないけど、いくつか買って、島でごろごろする部屋にぶら下げようかな？　そういえば、トルコのペンダントランプとかも綺麗だった記憶が。あの、黒い装飾を施された金属とヒビの入ったガラスのランプシェード——さすがになさそうだな。

香水瓶は売っているが、透明度の低いガラスだし。ある程度大きいと加工が難しくなるのかな？　並んでるガラス製品より金製品の方が安いのも、俺の感覚からするとおかしいけど。

ふんふんしながら土産を選ぶ、変な人形買っていこうかな。自分では絶対飾らないけど。うろうろした挙句《あげく》、香辛料を大量購入し、お土産用には結局、綿生地を買った。夏だし、Tシャツかタンクトップでも作ってみんなに配ろう。マンゴーとサトウキビ、綿花の種を手に入れてとりあえず満足する。

昼食は無発酵《むはっこう》の平たいパンにそら豆ディップをつけて食べる。そら豆のディップは刻んだ玉ねぎや白チーズ、好みの香辛料で味を変えられる。平たいパンが主食と見せかけて、どうやらそら豆の方らしく、肉を頼んでもそら豆の煮込みがついてきた。

デザートは、どこまでも甘いのにさらに蜂蜜をかけるという念の入れよう。さっきの餡子と間違えた菓子はまだ甘さ控えめだったんだな。さすがサトウキビ生産国。

街を出て、川辺のヤシの木陰で一息。この国は三角州に人がぎゅうぎゅう。バザールは物までぎゅうぎゅうだったので、ちょっと疲れた。

バザールで水タバコを売っていた。何歳だかわからない爺さんに話を聞き、精霊の話とすり合わせ、古い神殿の場所の見当はついた。買う物も買ったし、帰ろう。

――俺が、神々にもらった地図の範囲が広がったことを知るのは、もう少しあとの話。


夜はリシュを構いながら、タンクトップとシャツ作り。Tシャツはあんまりかと思って少しこっち風に。

昼間は島で、魔法陣描き。空井戸の底、岩盤に取り付ける本体は、あとで家で作る。今は水を汲み上げるための陣を井戸の中に描いている。

面倒な作業なのはわかっていたけど、昨日遊んだから真面目にやろう。地図はなんとなくだけど、契約した精霊の知ってる場所が増えたんじゃないかと当たりをつけた。あとで検証しよう。

勢いを得るために、4方向に同じ陣を描く。水を10メートルくらいまで上げられる陣なんだけど、もっと高さがあるので途中の2カ所にも描く。4つを3カ所だから12個。それらを連動させる、ところどころに呪文を記した特別な線。

大気の精霊と水圧の関係が云々《うんぬん》。水の精霊が通りたくなるような道を作る。

効果が切れるたびに井戸の底に魔石を取り付けに行くのは面倒だし、ついでなので、魔石の力を陣の本体に送る陣も頑張って描いている。井戸の上に滑車《かっしゃ》を組んで、ブランコみたいに板を渡した綱《つな》を垂らして、ひたすら作業。

暑い。冬にやればよかったと思いながら、がりがりと積み上げられた石に幾何学模様を彫ってゆく。マンゴーを植えるのはこの島の方がいいな、冬もあったかいし。

それにしても、ガラスは断熱効果が高すぎて、温室の計画が頓挫《とんざ》したのがこう……。ああでも、植物が育つための太陽光は届くわけだから。温度調節は冷却プレートの逆で、暖かくなるやつを置けばいいのか。

「主、おられますか？」

「おう」

アウロの呼ぶ声に、綱を巻き取って上に上がる。汗だくだ。

「何をやってるのか知らんが、酷い有様だな」

菓子で釣られる男が何か言っている。

「……就職希望者の面接をお願いします」

……。忘れてました。

「すぐ行くから先に行って待っててくれ」

「はい」

がりがりやってたらすでに昼も過ぎて、そんな時間か！　急いで家に【転移】して服を脱ぎ、水をかぶる。乱暴に体と頭を拭いて新しい服に着替えて戻る。塔を駆け下りて、ソレイユの執務室へ。２人は余裕を持って声をかけてくれたみたいなので、遅刻はしないで済みそう。

早速ヴァンの強化ガラスを執務室に使ったらしく、大きなガラス窓が正面にある。北側で差し込む光は眩しくはないが、素晴らしく明るい、海の見える部屋だ。応接室も兼ねている。

「待たせた」

金銀とソレイユ、マールゥ、が軽い黙礼《もくれい》をして迎えてくれる。なんだ？　俺が領主っぽいぞ？

他に、見たことのない６人。こちらは深く頭を下げている。たぶん１人はソレイユの推《お》しだ。ファラミアだったたか、黒髪の背が高めな女性が彼女の隣に控えている。

アップにしてひっつめた黒髪、黒目、眼鏡装備。メイド服作ろう、メイド服。黒タイツを履いて欲しいが、ここじゃ暑いか。いや、その前にこっちはタイツないや。絹の靴下はあるけど。

「領主のソレイユだ。とりあえず顔を見せてくれ。名前と何をしたいのかを聞こうか」

「こちら、ファラミアです。ファラミア」

ソレイユがファラミアを紹介して、挨拶するよう促す。

「ファラミアです。このたびはソレイユの紹介でまかり越しました」

「ソレイユ――俺ではなく、こっちのソレイユの侍女でよかったんだったかな？」

「はい、そうしていただければ――」

ずっと目を伏せているのが気になるけど、使用人って本来はこうだろうか。見たら、他の5人も視線を上げてない。金銀とマールゥがおかしいのかコレ。

「では、やることは基本ソレイユに任せる。よろしく」

「よろしくお願いいたします」

1人従業員を確保。

「カインです」

「アベルです」

おい、聖書にある最初の殺人事件の兄弟が混じってるぞ!?

カインと名乗った方はがっしりして、くすんだ金髪を後ろに撫でつけている。アベルの方はウェーブのかかった輝く金髪で、線は細めの優男。全く違うタイプの美形。

全然似てないけど兄弟じゃないよな？　大丈夫？　ここが惨劇《さんげき》の場になったりしない？

「カインとアベルには私どもの補佐を」

「ああ。よろしく頼む」

俺が面接するのは基本チェンジリング、やたら顔面偏差値が高い面接である。

「テオフと申します。魔石師です」

肩甲骨を越すほどのストレートの白髪を、後ろでまとめた眼鏡の青年。魔石師は魔石を鑑別《かんべつ》したり、用途に応じて魔石の粉を調合する仕事だ。

「パメラと申します。薬師です」

こちらはウェーブがかかった腰までの白髪。

「テオフはこの屋敷に住まいを、パメラは本人の希望もあって街中に店を持たせます」

アウロが説明してくれる。

「チャールズです。庭師です」

薄い黄緑色の髪の青年。あれです、深窓《しんそう》の令嬢と身分違いの恋をして、駆け落ちする系の顔してます。

「チャールズは元子爵ですので、いざという時は主人の教育係もお願いします」

おい、何がどうして庭師になった？　駆け落ちか？　あと、教育係はいらない。

「よろしく頼む」

突っ込みたいけど、飲み込んで挨拶をする俺。俺も色々聞かれると困ることが多いからな！

契約を交わして俺の役目は終了。金銀がファラミア以外を連れて出てゆく。徐々に親しくなっていければいいなと思いつつ、俺は続けてソレイユの話を聞く。

他に料理人と厨房係、パン職人、皿洗いの下働き、洗濯係などを雇い入れたこと。厨房係は値段交渉をして食料を調達する人だって。この人たちはソレイユが契約をしている。普通の家だと家宰とか家令がするのかな？　それにしても9人分の菓子か。月一くらいで何か配るとして、他に保存が利く飴とかビスケットを置いておこうか。

城塞と街の整備、島人の希望やらの報告に次いで、俺が委託販売をお願いしたものの売り上げ報告。

「それで申し訳ないのだけれど、販促で借りた佩玉を欲しいと言う方がすでに何人かいらっしゃって、その中にナルアディードの商業ギルド長と海運ギルド長がいるの。譲るとしたらどちらがいいかしら？」

「これからこの島のためになる方」

あと金になる方。

「どちらも有力者、しかも普段から張り合ってる。難しいわね……」

どうやらどっちに睨まれても面倒らしい。

「今、佩玉ある？」

「ファラミア」

ソレイユが声をかけると、隣の部屋から高そうな箱に収められた翡翠の佩玉を持ってきた。

「箱がすごいな」

「すごいのはその佩玉だわ」

この箱欲しいんだけど。

箱に敷かれた布から佩玉を取り出し、魔法陣を描く羽根ペンで押さえるように割る。

「きゃあっ！　何をするのよ！」

パキッという軽い音が響くと、ソレイユから悲鳴が上がる。

「平気平気」

もう1カ所、さらに1カ所、透かし彫りが途切れておかしくない場所を選んで、羽根ペンの先で2つに割る。断面をキュッと削って終了。【鑑定】も、問題なく腰痛に効くと出ている。

「ほいよ。2人に売りつけろ」

「げ、芸術品が……っ」

「腰痛消しだろ？　ちゃんと効果はあるぞ」

わなわなしているソレイユに言う。

「今、一体いくらの値がついていると思って……っ」

「2人に吹っかけて2倍？」

涙目でキッと睨んでくるソレイユ。

「職人が歳月をかけて彫ったであろう芸術品を！」

「落ち着いてください。確かに佩玉が一つのままでは、いらぬ争いに……」

ファラミアがソレイユを宥める。

その佩玉は俺が適当に彫ったやつです。魔物素材の道具と力があるもんだから、野菜とか石鹸《せっけん》にカービングするみたいな感覚で。翡翠、柔らかいし。力加減を誤ると簡単に割れる石だったら、こうはいかなかった。

「このガラスだって、なんで納屋などに……っ！　あれを見て私は危うく卒倒するところだったし、現に建築職人は卒倒したのよ！」

「鍵はついてたろう？」

子供たちの侵入防止に、保管場所の納屋にはちゃんと鍵はしてたぞ、怪我されても困るし。

「申し訳程度のね！　しかもこのガラス、何をやっても割れないし。ガラスに合わせて窓の大きさを変えたのよ！　どの金ランクの方とお知り合いなのか知らないけれど、どれもこれも雑に扱っていいものじゃないわ！　一体いくらすると……っ」

「落ち着いてください、相手は領主です」

「いや、まあそれはいいけど。なんだったら兄ちゃんでいいぞ。ソレイユが２人なのも紛らわしいし」

普通の契約にある、雇い主を「敬え」という言葉は「ないがしろにしない」に換えた。敬われることをする前に平伏されても困る。

「アウロもキールも反応が薄いのよ……っ！　ファラミアまで……っ！」

「申し訳ありません。驚きはするのですが、持続が。チェンジリングは興味のない事柄にはこだわりませんので……」

涙目で訴えるソレイユを、無表情で慰《なぐさ》めるファラミア。

「それはそうと、ニイチャン様はわたくしをお雇いになってよろしかったのでしょうか？」

強引に話題を変えてきたファラミア。

「それに様をつけるのか？　ソレイユ付きの侍女だし、ソレイユと相性がよければいいんじゃないのか？　それとも仕事が無理とか、他の従業員と喧嘩しそうとかがあるのか？」

俺の名前はイッパイアッテ……。いや、ニイ＝チャンという中華風の名が今追加された！

なお、領主の登録は、ソレイユ＝サンでした模様。日本語だと太陽＝太陽ですね！

「ご領主様ですので。わたくしはソレイユ様に関すること以外はあまり表情も動きません、何より黒い精霊とのチェンジリングです。普通の方は気味悪がります」

「無表情には慣れてる。黒い精霊とのチェンジリングだと、何か悪さをしたくなるとか、いるだけで影響があるとかあるのか？」

怖い顔のオプションつきは慣れてます。

「特にございませんが……」

「じゃあいいだろ。人間関係はソレイユが間に入るなり、調整するって言ってたし」

その辺は丸投げだ。元々丸投げするために雇ったし！

「ええ、もちろん」

ソレイユを見ると、落ち着きを取り戻して力強く頷いている。

よし、佩玉やガラスはうやむやになった！

そんなこんなで塔に戻る。もうお昼をだいぶ過ぎてしまったけど、今から弁当だ。

空井戸の縁に腰掛けて包みを取り出す。本日はネギ味噌の焼きおにぎり、シャケおにぎり、沢庵《たくあん》、小さめの丸干しイワシを焼いたやつ。塩分補給、塩分補給。やっぱり竹欲しいな、曲げわっぱでもいいけど。

香ばしいネギ味噌をもぐっとやって、沢庵を齧り、丸干しイワシをがぶっとやって、ふんわり握ったシャケおにぎりをぱくっとやる。濃い目に淹れた緑茶で口中を爽やかに。

さて続きと行こう。板に乗って、くるくると巻き上げ機の綱を緩めてゆく。揺らめくランプの小さな火さえ熱く感じる。精霊を呼び出してもいいんだけど、魔法陣にどんな影響があるかわからない。予想もつかない追加効果がついたら怖い。

なので真面目に暑さに耐えながら、井戸の石組みを削ってガリガリと魔法陣を描いている。

酸欠にならないだろうなこれ？

大丈夫、明後日はレッツェと森の探索だ。それを目標に、今日明日と頑張れば出来上がるはず。ああ、でも井戸の周りをモザイクにしても綺麗かな。

この井戸の石積みは内部が大理石。ガリガリ魔法陣を削るために、高いけどお願いした。こちらは大理石を使う時、なぜか継ぎ目を極力消す文化を持っている。タイルみたいに貼っても間の目地《めじ》はごく目立たなくする。積み重ねていっても、1本の柱に見えるように。日本だとタイルの目地が太くないと、地震の時とかに石同士がぶつかって割れそうで怖いけど。

そういうわけでとても綺麗に井戸を仕上げてくれていたので、ありがたいことにガリガリしやすい。気を使ってくれたのか、素材が余ったのか、床から出っ張った部分は外側も全部大理石。せっかく綺麗に作ってくれたのだ、他も綺麗にしたくなるのは人情というもの。

うーん、でもモザイクを並べるの、魔法陣より大変だな。魔法陣が完成したら、精霊に手伝ってもらおうかな。さて、どんな模様にしよう？

夕方家に戻り、リシュと遊んで風呂に入る。そしてリシュと一緒に図書館にＧｏ！

相変わらず崩れそうな装いの寺院を通り、図書館へ。暗い通路を進んだ先、扉を開けると広がる空間は明るく広い。何度来てもこのメリハリというか、雰囲気の変化はすごい。

司書さんが、じっと見ていないとわからない程度に目を見開く。

「犬は入れるだろうか？　毛も落ちないし、吠えないし、いたずらもしないが」

「――精霊が来ることは禁止していないよ」

入り口で尋ねると許可が出た。リシュを撫でて足を踏み入れる。

「ガラスの精霊が好む色づけ方法と、チェンジリングについて、お願いします」

司書の少年は黙って頷き、歩き始める。

ここの床のモザイクは、色味を抑えて落ち着いた精巧なもの。地味な色合いなので、美しいというより見事という印象の方が先に来る。図書館の雰囲気を壊すことなく存在している。

これも精霊の作なんだろうな。一体どんな効果なのだろうか？　自分で作ることにした途端、気になってきた。

そういうわけで、モザイクに関する本を追加。目的の本を借り受けて、個室に入って紅茶を取り出す。リシュは足元で伏せてエクス棒を齧る体勢。

リシュを軽く撫でて、本を開く。まずはモザイクと精霊。こっちの世界、モザイクやオブジェは、特定の石の配置とかで魔法陣の代わりになるようだ。基本、魔法陣は精霊を呼び出して何かさせるものだけど、モザイクとかはもうちょっと緩やかに精霊を呼び込むみたいだ。水盆を置いておくよりは、寄ってくる精霊の種類を選べるらしい。

アラベスク模様にすると決定しているので、とりあえずモザイクの模様のパターンと、それぞれの寄ってきやすい精霊とかはいいかな？　暇になったら目を通してもいいけど、棍棒《こんぼう》を持った巨人像とかを、特にモザイクで作りたいとは思わない。

次は色つけだ。日本的な色ガラス製法は学習したんだが、それじゃダメだとやんわり注意されたことがあるので、改めて調べにきた。モザイクはガラスで作る予定なのだ。

なになに？　つける色を選ぶ場合、簡単なのは——この辺は俺が使った材料と同じ——に魔石を触媒として入れること。その際に魔力を注ぐのはもちろんだが、望む色の花や葉の雫を一滴垂らすこと。ほんのわずかに、望む色を持つ精霊を象徴するものも足す。

ファンタジーだな。いやでも、本来の材料も使えって書いてあるから現実的でもあるのか？　アラベスク模様で水場に配置するなら青だよな。

全部読むのも大変なので、とりあえず使う色のページを先に見る。……って、精霊の効果が出た場合のことも書いてある。なるほど、触媒で、ある程度望む効果に誘導できるのか。

製作する時、精霊が興味を持って寄ってくるとは限らない、とか書いてあるけど。書いてあるけどね？　あと俺、普通にお願いしてたな。頼む立場だし、知ったからには精霊が気に入る環境を用意するべきだなこれ。

井戸の魔法陣は、ある程度のミネラルを調整して軟水が出るようにした。で、欲を言えば、城や街に生活水として流す水は、殺菌して有機物を除き、腐ったり、苔《こけ》が生えたりしないようにしたい。でも、他はそのまま流して、魚が棲《す》めるような水にしたい。

昔、船乗りたちが神戸で積んだ「布引《ぬのびき》の水」は、船が赤道を越えても腐らず、美味しかったって聞いたことがある。そんな水を目指したいところ。

ああ、野菜は硬水で育てても面白いのかな？　がっつり入ったミネラル成分は、野菜の旨味になるけど苦味にもなる。主塔や街というか村の井戸は硬水なので、比べてみるのも面白い。

いくつか利用できそうな色のレシピをメモに取り、本を閉じる。リシュがエクス棒から口を離して、終わったの？　みたいな顔をして見上げてきた。

「もう少し待ってくれ」

そう言って膝に抱き上げ、リシュの後頭部越しに本を読む。リシュの胸に手を当てて支えつつ、もふもふを楽しむ一石二鳥。

えーと、黒い妖精のチェンジリング。対象に恨みを持ち、憎しみで執着している妖精が、対象に子供ができた時、行う。

興味は興味でも、憎しみから来る興味か。対象の子供と、自分の力の一部で作った子供を交換する、もしくは対象の子供の何かを奪い、奪った分に自分の力を注ぎ入れて子供に対象を害させる。精霊自身が取り憑く場合もあるが、そっちは魔物化と呼ばれる。

ああ、大きな精霊が力を使うと細かいのが生まれるけど、わざわざ自分の分身になるような力を注いでるのか。

黒い妖精とのチェンジリングは、肌や髪——特に目の周りが黒く染まる。

あれ？　魔物と同じく隈《くま》は？　ファラミアは化粧で隠してるとか？　うん？

読み進めると、魔物化みたいにイボイボや皺などの肌の変質はないみたいだけど、濃い薄いはあるが隈が出るのは確定らしい。

結論としては、ファラミアは、黒い妖精とのチェンジリングではないようだ。

そして、朝まで気づかれずに妖精界に連れていかれた子供がどうなるかを、うっかり読んでどん引き。ペットか、ペット扱いか。ああでも、俺もリシュをペットにしてるしな。ちょっと悩みかけたけど、今更返せないし、返したくない。

顔で顔をぐりぐりしたら、舐《な》められた。くすぐったい。


鍛冶場の隅に作業机を誂《あつら》え、モザイク用のガラスタイルを作り始めた俺の周りに、興味津々といった感じで集まっている精霊たち。

サファイアを砕いてごりごり。

タンザナイトを砕いてごりごり。

ブルームーンストーンを砕いてごりごり。

サファイアはコーンフラワーブルーより薄い青から、黒に近い青まで。もったいないけど粉にして、対応する色の花びらの雫を1滴、2滴。魔力の加減を間違えると、ダマになったり魔石の効果がなくなるので、慎重に。

掻き混ぜ終えると出番だとばかりに、青い衣を纏った精霊や、青い肌や毛を持つ精霊が集まってくる。他の精霊はちょっと残念そう。

各魔石は手持ちのと、なければ買った。でも対応する色を持った花とか、都合よく同じ季節で揃うと思うなよ!?　みたいな。

青い矢車菊《やぐるまぎく》は少し前に咲いていたのを覚えていたので、ちょっと北上して手に入れてきた。スミレも青紫系で、ちょっとずつ色が違うものを季節の遅れた森の奥で。

途中、山の上で青い芥子《けし》を見つけたけど、やばい効果がつきそうでやめた。これからは花もせっせと摘んで【収納】しておこう。果実でもいいけど、青系の果実ってあんまりないし、皮と中身で色が違うのも困る。

それにしてもタンザナイトって、タンザニアで採れるからその名前だったんじゃないのだろうか？　俺にわかりやすく翻訳されとるのか？　そう思って【鑑定】したら、こっちでの名前が出た。【言語】さん、便利、便利。

「はい、はい。水の殺菌に協力してくれる精霊もお願いします」

他のガラス材料を入れた容器と混ぜてゆき、精霊に声をかける。

「あ、最後のこの壺は、特に殺菌はしないんで自由です。植物を育てたり、魚を棲ませたりする用です」

しょぼしょぼしている精霊がいたので声をかける。

残りの精霊が全部群がった！　俺は見ないふりをする！

……大丈夫かこれ？　まあいいか。直接ガラスにどうこうじゃなくて、上を流れる水に与える効果だし。

「なんだ、つまらん。またガラスか」

坩堝《るつぼ》で材料を溶かしていると、ヴァン登場。

「これでモザイクを作ろうと思って。先日のお礼にダイヤ買っておいたのでどうぞ」

「おう」

ヴァンに見学されてガラスを作る。もしかして、作業小屋の炉に火を入れるたび遊びに来るんだろうか。そして剣を打つのを待ってたりするんだろうか。

1回目のガラスの時に剣を打ったことを話したら、興味を持った風だった。いつかこの圧に屈して作ってしまう気がするが、確実に怒られるやつが出来上がるだろう。いや、でも外に持ち出さなければセーフ？

ダイヤを摘まんでは指先の温度を上げ、発光して消える寸前に口に放り込んでいるヴァン。暇そう。作業を進め、溶けたガラスを流してガラス板を作る。冷めたら菱形、六角形、三角形、星型に。精霊に願ってガラス板に触れると、ぴしぴしと音を立てて割れてゆく。

火の精霊に願って、角をちょっと溶かして丸めてもらって出来上がり。小さくなったガラスを、精霊が持ち上げて覗いたり、頬ずりしたりと騒がしい。

精霊はガラス質のものを通り抜けられないけど、きらきら光るものが好きだから、ガラスも好きなのだ。時々激突して痛い目を見たのか、嫌がるのもいるけど。

「ふーん、綺麗なものではないか。色が気に入らぬが」

ヴァンが一つ摘まみ上げ、光にかざしたかと思うと握り込む。

拳《こぶし》に渦巻く炎。

拳を開くと、ヴァンの手の中のガラス片は青から美しいオレンジ色に変わっていた。いや、オレンジを纏う白？　燃える炎を見ているような錯覚《さっかく》を起こす。

「そっちの方が綺麗だ」

「ふん。雫には及ばんが、くれてやろう」

ヴァンが俺の手に、色の変わったガラス片を落とす。

「ありがとう」

「ふ……」

ヴァンがニヤッと笑って消えてゆく。

ぬあああっ！　平静な顔をして礼を言いましたが、むちゃくちゃ熱いですヴァン！　ガラスを溶かす作業用に耐熱手袋してるのに熱いです！！！！

慌てて【収納】して手を冷やす。

作業も終わったし、精霊にお礼を言い、作業場に汲みたての水と花を置いて終了。今回は積極的に手伝ってもらったので――作業場の外に出れば水も花もあるんだけど、まあ気持ちだ。

庭の花も増やそう。

風呂に入って汗を流そう、さすがに汗だくだ。……さっきのガラス片、いつでも沸いてる風呂が作れる？　海の見える風呂か！

るんるんと浮かれながら風呂に入って、髪を乾かしながら島の塔の設計を見直す。

上から、テラスのある戦闘階、武器庫、居住スペース、台所、管理階、ホール、倉庫、倉庫、見張り所。ホールは中庭から見ると2階にあり、階段を使って入ることになる。で、台所で湯を沸かして、管理階の床に穴があり、ホールめがけて熱湯をぶっかけて敵を防ぐ感じらしい。

他の塔は、地下が牢になってたりちょっとずつ違うけど、大体こんな感じっぽい。もっと階数の少ない塔もあるし。俺の塔は岸壁に張りつくように伸びていて、どうやら城の船着場に着く浅瀬のルートを見張っていたっぽい。その証拠に、一番下の部屋には矢を撃つための縦長の穴がいくつか空いてる。

ホールから城壁の上に繋がってたんだけど、そこは塞いで、城壁へは外回りで行けるようにしてもらった。城壁への扉は1カ所がそのままだけど、でかい閂《かんぬき》がかかっている。

ホールはホールでいいだろう。一番下は海を見ながらごろごろする部屋、その上は隠し通路の入り口もあるし、作業場でいいかな？　上は倉庫という名の空き部屋。

管理階は一応、接客用のダイニングでも置いて、台所は台所のまま。元の居住スペースは倉庫にして、武器庫が寝室になる予定。塔は階段の分狭いから、各階1部屋みたいな感じ。窓をつけると出窓じゃないのに物を置くスペースができてしまうくらい壁が分厚いので、外から見た感じよりだいぶ狭い。

風呂はどこに置こうかな。窓をつけたいけど、あんまり窓だらけでもバランスが……。どうしたものか。


夕方、島に行って、呆れられながら俺の塔への水道橋の追加を頼む。

だって、今日までは水もお湯も【収納】で賄う気満々だったんだけど、せっかくあのヴァンの湯沸かしガラスがあるので、かけ流しにしたい欲望がふつふつと。

場所は塔のてっぺんの、銭湯階じゃない、戦闘階。水を上に引き上げる魔法陣をまたガリガリしなくてはいけないけど、今回は細くてもいいし、距離もそんなにないので頑張る。

円錐《えんすい》形の屋根と壁を居館に向いた側だけ残し、海に向いた方を半分壊して、半露天《はんろてん》にですね……。バルコニーのノコギリ壁も、眺めがいいようにちょっと手直ししよう。近くの船からは屋根しか見えない程度に残さないと。

バルコニー自体はどうしようかな。空中庭園にでもしようか。

さっき空井戸の仕上げをしたので、1回水を流してみることにする。モザイクはまだだが、半信半疑みたいだし。そういうわけで、空井戸の前にソレイユと金銀、俺の4人でいる。

「何をやっているのかと思えば、これはまた……」

「魔法陣かしら？」

「お前、魔術師だったのか？」

3人が井戸を覗き込む。

「はい、はい。使い方の説明です」

「使い方？」

「使い方は簡単、ここに魔石を入れるだけです」

キールが聞き返すのをスルーして続け、井戸の縁の外側に作った浅い穴に魔石を放り込む。

「ちょ、ちょっともう少し慎重に！」

ソレイユが焦った声で注意してくるが、もう放り込んだあとだ。

「それで起動するのですか？」

笑顔だが怪訝そうなアウロ。

「うん。穴は4カ所ね」

言いながらもう1カ所に放り込む。ソレイユが、あああ、みたいな顔をして、伸ばしかけた手を力なく落とす。

「水を流すためだったか。結構大規模に見えるが、そんなに簡単に……？」

簡単にしたんですよ、キール。代わりに魔法陣を描くの大変だった！

「え、なんの音？」

「本当に水の音がするようですが」

「おい、お前――」

「うを、あぶね！　２つで十分だったかこれ？」

水をかぶりそうになって、慌てて飛びのく。３人の靴には現在進行形でかかっている模様。

水はこの床を満たし、開口部の縁まで達したら下に流れ落ちるはずだ。踝の上くらいまでは水が溜まることになるようだ。

「これはあれだ、通るところを高くしないと靴がダメになるな」

そう言いながら魔石を取り出す俺。水が冷たくて気持ちいいが、毎回これではいただけない。

水の流れる先は、４方向に２カ所ずつの開口部。元からあった穴の窓を利用している感じ。開口部が大きくて壁がほぼないので、窓という認識でいいのか謎だけど。

西に向いた開口部から、中庭を通って街への水路に水が落ちる。どうなるか謎のガラス片を使ったモザイク模様を配置するつもりでいたのだが、よく考えたら畑用の水路に分岐する場所にモザイクの小さいのを作った方が早いよな。あとでこそこそ作ろう。

北の開口部からは居館に向けて水道橋が伸びている。予定通りなら、居館の中でも上の階から下の階へ、水道管経由で水が流れるようになっているはず。

南の開口部からは南の塔に向けてやはり水道橋がかかり、城壁内の一部を潤しつつ下に流れ落ちて船着場に到達する。南の塔は船着場から上がる階段に続いた塔で、ここで藍染めやら何やらの作業をする予定。

あ、南の塔に水車を作るか。日本式の縦のやつ。また完成が延びるけど。

で、広場にそのまま流す予定だった東の開口部も、俺の塔へ水道橋をかけてもらう予定。

幸いにも水道橋の建築は、水はいらないという俺の言葉を信じていなかった金銀と、バランスにこだわった建築士によって、素材が確保済みだったためセーフでした。きっと、柱とアーチを組み合わせた美しい橋を架けてくれることだろう。

この塔と居館と南の塔の間には、なんか細すぎて不安になるような、ローマ水道とゴシック建築の壁を支えるやつ——飛梁《フライング・バットレス》みたいなのを嬉々として設置してるんだ、ここの建築士と石工。

大勢が働いて急ピッチで仕上げてくれているのだが、人海戦術で時間を早めるつもりだったのに、細部にこだわる人が多くて進まないという。おかしいな、出来高払いでボーナス出してるはずなんだけど。細部は任せているとはいえ、オプション頑張っても金出ないぞ。

でも出来上がりの美しさを見れば、臨時ボーナス出すか、みたいな気分になるのも確か。途中で出してしまうと際限がなくなりそうなので、最後だな。

移住の募集をかけていて、建築士と石工が2人ずつ残る希望だそうで……。建てたあともなんか改造されそうだ。

そんな発言をしたら、どう考えても依頼主のせいだろとキールに冷たく言われた。ひどい。

こちらが物思いに沈んでいる間も動かない3人。

「大丈夫か？」

「無理！」

ソレイユが叫ぶ。たぶん、この叫びは中庭で働いている人とかに聞こえてると思う。外聞が悪いんでやめてください。

——ソレイユ、金銀と相談の結果、色々あって水を流すのは1カ月後となった。移住の募集も1カ月で一旦切り、期日までに移住を希望した人には、家屋の買取を可能にする。スカウトした人は別にして、あとから来た人には売らずに賃貸一択ということになった。

島は狭いからな、あと家を建てた分しか受け入れません。ナルアディードみたいに建物と路地しかない、みたいな島にするつもりはない。あれはあれで雰囲気はいいんだが、家畜のお引越しが控えているので。

なんかソレイユが泣いていたようだけど、気にしたら負けだ。今回はアウロとキールにも色々言われました。

「できるならできると言え！」

というキールの言葉には、

「俺は言ってただろう」

と、返した。

「水が流れる、だけで信じ切るのは無理かと。過程を説明していただけませんと、理解不能ですね。いえ、魔法陣で水を呼び込むという過程を説明されても、信じていたかどうか……」

アウロが明後日の方を向いて目を細める。

でもあれだろ？　２人はソレイユと違って明日には慣れてるんだろ？

——塔はアウロによって、厳重に施錠《せじょう》された。

モザイクを始め色々やることがあるけど、今日はこれで切り上げる。明日はレッツェに森に連れていってもらう日なので、弁当を用意せねば。

まずは生物《なまもの》が入らない散らし寿司から作ろうか。味が合わなかった場合に困るから、おかずはアンバランスだけど洋食系にしとこう。

ズッキーニの花にチーズを詰めて揚げたフリッター、前に出して評判のよかったタルタルつきの海老フライ。チーズを湯葉で巻いて揚げたのを隣に混入。

枝豆と生ハムのスペイン風オムレツ。キュウリと人参、大根、そのほか野菜のマリネ。ミニトマトの青紫蘇《じそ》入り出汁漬けを混入。

カヌムで出回っていない海老や野菜の類は、大体家で出してるので大丈夫だろう。スープは味噌玉を持っていってみようか。

エクス棒用はタコスでも作るか。エクス棒がジャンクなものが好きなのって、食べるのに手間がかからないというのもあるっぽい。ちまちま食べてられっか！　みたいなことを言っていた気がする。

そして今回、生肉と水は忘れられない。忘れようにも【収納】に常備しているけど。大人しくしていれば、という条件つきでリシュも一緒なのだ。森の人目につかない場所まで進んだら、呼び出す予定でいる。

お散歩、お散歩。

4章　森の歩き方講座

「よろしく」

「おう、行こうか」

まだ暗い明け方、森へ向けて出発。

「こっち?」

「そう」

エクス棒で足元をガサガサ掻き分けながら進む。草原をさっさと通り過ぎて、いつもより少し南に寄った場所から森に分け入る。

森の浅い場所所は、冒険者以外も薪取りなんかに入るので歩きやすいのだが、ツノウサギとかあまり強くない魔物はともかく、熊とか狼の領域に入ると途端に足元が悪くなる。

「あそこ、見えるか?　落ち葉が砕かれているところ」

「ん?　あ、本当だ、ちょっと黒い」

落ち葉が砕かれ、下の地面の湿った黒い色が見えている。1回気づくと、その黒い土が暴かれた跡が続いているのがなんとなくわかる。

「獣道《けものみち》だな、鹿か」

食いちぎられた植物の葉を見てレッツェが言う。

「幅が狭いから単独だろう、まだ新しい。人の足跡はあるか？」

「ない……、と思う」

周囲を見回して答える俺。落ち葉が乱れているのは、鹿の通り道の他は俺たちが歩いてきたところだけだ。

「新しい獣道は2、3日後にまた使われることがある。ここはまだ猟師が踏み入る場所だから、それを期待して罠《わな》が仕掛けられてたりするから気をつけろ。かかると間抜けだぞ」

「うぇ」

あれだろう、逆さ吊りにされるやつ。映画で見たことがある。

生き物や魔物は【探索】にかかるけど、無機物《むきぶつ》はどうだろう？　危険、危険。慎重な猟師は自分の足跡を消してしまうので、獣道より少し離れたところも確認した方がいい。

鹿は猪とは異なり副蹄《ふくてい》がつかない、歩幅は、成獣で80から100センチ程度。括り罠を設置する時は、倒木や石を踏むのを嫌がるため、鹿の通り道に倒木や石を置き、足の置き場を誘導すると効果的。

ああ、ディノッソ家の子供たちは、こういうのを習ってから冒険者になるんだな。そんなことを思いながらレッツェの説明を聞く。

陽が昇ったところで休憩、軽く食べる。

「スフォリアテッラだっけ？　はい」

バターではなくラードを使ったパイ生地を伸ばしてクルクルと巻き、輪切りにした皮にリコッタチーズを入れて、半分に折って焼いたやつ。ぱりぱりした貝のようなヒダがある菓子だ。

「おう。――相変わらず美味いけど、甘いものはコーヒーが欲しくなってダメだな」

一口食べて言うレッツェ。順調にカフェイン中毒者の道を歩んでいるようだ。

【収納】から出してもいいけど、今日の荷物はきちんと鞄に入れ、背負ってきている。【探索】も切って、真面目に学習中なのである。

「そろそろリシュ呼んでいいか？」

「ああ、そろそろいいぞ」

よし来た！

「ちょっと行ってきます」

「って、おい！　ここでか!?」

【転移】してリシュを連れて戻る。

「お前、ちっとは隠そうとしろよ……」

待っていたのは、呆れ顔のレッツェ。

今更な気がしたのだが、様式美として森の奥に姿を隠してからの方がよかったろうか。

「リシュ、レッツェ覚えてるか？　今日、案内人をしてもらってる」

リシュがレッツェの匂いをくんくんと嗅いで確認。嗅ぎ終えると顔を見上げて首を傾げる。

「レッツェだ、よろしく」

レッツェが匂いを嗅ぎやすいように手を差し出す。もう1回、くんくん。うちの子可愛い。

「リシュ、危ないからあんまり離れないようにな」

顔を挟んで両手でぐりぐりと撫でて告げる。

「いや、俺でさえ見えるような精霊に、危ないってどういう状況だよ。そんな危険があったら俺が死んでるわ」

頼りの案内人が何かぼやいている。

エクス棒で下生えを避け、生き物の痕跡を教えてもらいつつ目的地へ。リシュがあっちをくんくん、こっちをくんくん。ちょっと距離ができると、たったと走り寄ってきては、また藪に顔を突っ込んでくんくん。家の山は歩きやすいし安心感があるけど、やっぱり違う風景は楽しいらしい。連れてきてよかった。

途中、イタチの魔物を2匹ばかり倒したが、特に問題なく進む。

「目的の場所だ。ほれ、例の草が生えてるぞ」

「これか」

色々な草に混じり、ニラみたいな少し肉厚の葉が伸びていた。先端だけ赤みがかっている。

「似た草もあるけど、そっちは中が空洞な」

ぷちっと折って見せてくれた草は、白っぽいぬるっとした断面だ。

「人間にはわかんねぇけど、独特な臭いがするらしい。まずは3、40本集めようか」

「了解」

エクス棒で草を掻き分け、覚えた葉を探す。似た草ばっかりで、なかなかないなと思ってたら、普段は先っぽも緑なんだそうだ。臭いが強いものが赤くなる。

リシュが地面を掻いてはこっちを見るので行ってみると、目的の草発見。

「ありがとう」

頭を撫でて、草を採取。リシュは可愛いだけではなく賢いのだ。

そんなこんなで俺が8本、リシュが11本、レッツェが15本。く……っ！　精進します。リシュなんか結構虫に気を取られたりしてたのに。レッツェは目的の草以外にも、薬草とか食える野草とか採取してるし。

「で、これをこうだ」

レッツェが採取した草を布で包んで揉む。ちょっと布に汁が染みてきたところで止めて、開けて見せてくれる。

「揉んで臭いを出したら、赤トカゲが寄ってきそうな場所に置く。大体倒木の陰とか、ちょっと涼しくて湿ったところだな。あとこういう苔の陰」

そう言って、石に分厚く張りついた苔を棒でちょいちょいと剥《は》がして、地面と石の間に隙間を作って設置。

「あんま臭いをつけないように、作業は棒でやれ」

残りの草の包みを渡される俺。

言われた通りエクス棒で苔をめくって、ちょっと離れたところに草を置く。

「あとは待つだけだ。赤トカゲは草の臭いで酔ったようになるから、そこを捕まえる」

そういうわけで、待つ間に昼だ。

「今日の弁当は主食がちらし寿司だ」

「ちらし？」

「そう。これ」

お弁当箱を開けると、まず黄色い錦糸卵《きんしたまご》が目に入る。干し椎茸《しいたけ》の煮物、酢れんこん、刻み海苔《のり》、煮アナゴ、海老、飾りに絹さや。イクラも散らしたいところだったが、生臭く感じるかもしれないので今回はなし。

椎茸は、『食料庫』のをわざわざ干したもの。干した方が美味しくなるものってあるよな。

「こりゃまた綺麗な色合いだな」

なお、お箸《はし》は難易度が高そうなのでスプーンを添えた。

「こっちはおかずの箱な」

海老フライとかが入った弁当箱を渡して、俺も自分の分を広げる。

「お？　美味いけどなんだこれ？　前に、おにぎりだっけ？　あれ？」

「そう、俺の住んでたところの主食。米」

どうやら口に合ったようなので安心する。

「へえ。って、お前、食うのも棒なのかよ。器用だな」

お箸ですよ、お箸。

ミニトマトの青紫蘇入り出汁漬けは好評。湯葉に至っては日本食だとたぶん気づいていない。

そして味噌汁、味噌でアオサとネギを包み込んで、乾燥麩《ふ》を一つ。味噌玉をカップに入れてお湯を注ぐ。

「スープか？　変わった匂いだな」

「俺の故郷の料理だな。具材はカブでもいいし、結構融通《ゆうずう》が利く。よく混ぜて」

カップにフォークを突っ込んでレッツェに渡す。

当初はとっつきやすいように、カブとかこっちでよく見かける野菜を入れようとしていたのだが、なんか夏野菜で味噌汁の具にしたいものがなかった。

「へえ。強い癖と嗅いだことのない香りでちょっと抵抗があったけど、独特の旨味がある。慣れたらそれこそ癖になりそうだ」

ひとしきり匂いを嗅いだり観察してから飲んでの感想。

よしよし、肉でもパンでも、シンプルな味で固めがいいというディーンに比べて柔軟だ。

そして始まるお箸チャレンジ。地面に描いた2つの円の片側に木の実を置いて摘まみ、もう片側に移してみせたら、挑戦し始めたレッツェ。まあ、トカゲ待ちのいい時間潰しだ。

「わはははは！　逃げられてる！」

タコスを食べながら、エクス棒が騒がしく見学。

「王の枝に笑われることになるとは思わなかったぜ……」

レッツェは真剣な顔をしているのだが、箸を交差させてしまったり、摘まむ時に力を入れすぎ、木の実が滑ってすっぽ抜けたりしている。箸で追って、追った分だけ転がるとか。

エクス棒の言う通り、木の実に逃げられているように見える。なんでも器用にこなすレッツェにしては苦戦している模様。

エクス棒は三頭身みたいな感じだから、持ち上げる手は小さく、口は大きい。大声で話しながら食べるのは少し行儀が悪いが、でっかく口を開けてかぶりつく姿はなかなか愛嬌《あいきょう》がある。

元気がよくって落ち着きがないエクス棒だが、実は引きこもり。棒――じゃない、枝や木として、口を出さずに見守る系の性格という自己申告を受けている。

リシュに噛まれている時も機嫌がよさそうな気配はするのに、出てくることは少ない。いや、他の王の枝や精霊の枝は普通、こんなに人前に出てこないのだそうだ。これでも出現率が高めな男だそうです。

普通は呼びかけても出てこない系が多いんだぜ、とエクス棒。

レッツェがエクス棒に色々言われるのを聞きながら、リシュに草の実がついていないかチェックしてブラッシング。いや、汚れないし毛玉もできないんだけどな。気分ですよ、気分。

小1時間後、草を仕掛けた場所を見回ると、赤いトカゲがちょろちょろとうごめいている。

俺がそっとエクス棒の先で苔を持ち上げると、レッツェがゆっくり静かに手を伸ばし、首を掴んであっという間に袋の中へ。

今度はレッツェが苔を持ち上げ、やってみろと無言で促す。赤トカゲはゆっくりした動きをあまり認識できないようだ。

ゆっくり手を伸ばす。草の臭いに酔ったようになっている赤トカゲは鈍く、大きな音を立てるか、触れない限り逃げ出すことはない。教わったコツは、首を掴みつつ、頭のつけ根をちょっと強めに押すこと。そうすると体のうねりを止められるらしい。

ぬるっと逃げられました。逃亡した赤トカゲをリシュが前足でたしっと捕まえた。

「リシュ、そいつ毒……っ！」

首を傾げて俺を見てくるリシュの前足を、慌てて持ち上げる。

「いや、だからこんくらいじゃなんともねぇだろ」

そう言うレッツェは、手に赤トカゲをぶら下げている。素早く逃げた赤トカゲをすかさず捕《ほ》獲《かく》したっぽい。

「ぬるっとしてて逃げられた」

リシュの肉球を確認して拭く俺。

「まあ、慣れねぇうちはちょっと捕まえにくいな」

「手袋も邪魔だ」

赤トカゲのフルネームは、赤毒隠れトカゲ。ウナギみたいなぬるっとした体の表面は毒の粘液で覆われている。死んでしばらくすると、この粘液も乾いてしまうので、なるべく生け捕り推奨。粘液も薬の材料になるんだそうだ。

「こっちにいた2匹は普通のトカゲだな。ツノありはもっと素早いぞ」

ニヤリと笑うレッツェ。

おのれ、木の実チャレンジ失敗してたのに……っ！

「ほれ、ツノありだ」

「うをぅ！」

思わず慌ててエクス棒で押さえる。魔物化した赤トカゲは顔を狙って毒を吐いてくる上、小さい割に力も強めなので、素早く押さえて無力化しないといけない。

「お前……、素手より棒なのか」

エクス棒で地面に押さえられた赤トカゲを見て、レッツェが言う。

「いや、さすがに偶然だ。――でもちょっとコツがわかった気がする」

力加減とか、押さえるべき場所とか。

でもやっぱり棒の方がやりやすい気もする。エクス棒でキュッと押さえて、動きを止めてから袋に放り込む。

「いや、うん。その棒も普通は祀られてるやつなんだが、毒はいいのか？」

「棒だし。あとで拭くけど」

イマイチ納得いかない顔のレッツェ。

棒の前に精霊なのか、精霊の前に棒なのか――なんかぶつぶつ呟いているレッツェ。

その後は赤トカゲを逃すこともなく、学習課題終了。あとで今日のお礼に、お箸と豆をレッツェに送ろう。

アッシュの腕輪に憑いた緑円から、国を出たとのジェスチャー。ちょっと遅めだが、予定の範囲内なのでホッとする。

「了解。ありがとう」

人指し指の先を上下させると、それに合わせて精霊が上下に動く。「はい」とか「了解」のジェスチャーだ。

これで、アッシュの方にいる緑円が同じ動きをしているはず。俺は話せない精霊の類が相手でも、なんとなく言いたいことが伝わるし伝えられる。でもアッシュはそうではないので、5種類くらいのジェスチャーを覚えてもらった。馴染《なじ》めばアッシュもそのうちわかるようになると思うけど。アズとはうまくやってるようだし。

本日は森の家に手を入れる。

「屋根作りの手伝いをお願いします」

「おう」

ちょっと前に手伝ってくれるという言質《げんち》を取り、昨日の帰りに「明日なら」という答えをもらってたレッツェを誘拐。

「いや、返事した途端、別な場所に連れてくるのやめろ。脳がついてこねぇ！」

有無を言わせず【転移】して叱られる。

「覚悟を決めないうちの方がいいかと思って」

悩むだけ無駄だと思うんです。

「説明を省くな、説明を！」

「屋根作り、屋根作り」

「カヌムの屋根を葺き直すのかと思ってたんだよ！　お前、雨漏り気にしてただろうが！　どこだここ⁉」

「森です」

「見ればわかるわッ！」

聞いておいてひどい。

「森の奥の方？　三本ツノの狼とかは出る」

最近、魔物も黒い精霊も、ここに寄りつくことはなくなったけど。

「死ぬだろうが！」

「この明るい範囲は安全圏だから大丈夫」

「……」

眉間に手を当てて黙ってしまったレッツェ。

「すまないねぇ。材木を持ち上げるだけならいいんだけど、位置合わせとか1人じゃ辛くて」

「ああ、もう、さっさとやるぞ。終わらせて現実に帰りてぇ」

いや、ここも現実なんだが。

まず棟木《むなぎ》を上げるところから。屋根の一番高い位置に来るもので、これを上げる日が上棟式《じょうとうしき》の日だ。こっちでその習慣があるかは知らないけど。

棟木は垂木《たるき》を組めるように加工してあるので、レッツェに反対の端を持ってもらって位置合わせしながら組む。垂木の角度が屋根の勾配になる。

昼は炭と網を用意して焼肉。手伝いの報酬は飯の約束だから、とりあえず無難なところで。

肉は『食料庫』から和牛君。ロース、ハラミ、カルビ、壷漬けリブ。牛タンは、舌の根元の方はあまり動かさないので柔らかく白っぽい。ここは分厚く。先寄りの方は硬いので薄く、こりこりしてこれはこれでいい。野菜は玉ねぎ、ピーマン、ぶっといアスパラ。豚肉も少々、白いご飯と白菜のキムチ。サンチュ準備よし！

「飯の準備できた」

「おう」

陽の当たる範囲から出ないよう気をつけながら、周囲を見て回っていたレッツェを呼ぶ。

「こっちが牛、この辺は豚肉な、どんどん焼いて食べてくれ。これ肉を挟むやつ」

肉の皿とトングを渡す。

「また変わった道具が出てきた」

「お箸よりは簡単だぞ」

肉を1枚挟んで、焼けた網の上にじゅっと載せる。

じゅっと焼いてがぶっと。

「あ、これビール」

テレビ番組とかCMの影響なのか、冷たいビールを飲んでみたくなる誘惑が。1年我慢したんだから我慢するけど、代わりにレッツェに飲んでもらおう。俺は炭酸水！

「冷えてるな」

受け取ったレッツェが言う。こっちのビールは常温なのだ、冷蔵庫ないしな。

「お疲れ様、ありがとう。すごく助かった！」

「また手伝ってやるから、もうちっとマシな誘い方しろ」

炭酸水を軽く上げて見せると、レッツェもビールのグラスを掲げる。

マシな誘い方ってどんな誘い方だろうか。

「うわ、肉が柔らけぇ！」

「口が脂っこくなってきたら、辛味噌《これ》をつけてサンチュ《これ》に巻いて食うといいぞ」

こっちの牛はあまり栄養が行き届かないのかなんなのか、脂が少ない。あっても霜降《しもふ》りなんて存在しないのだ。

俺は白いご飯と交互に食うけどな！　ご飯も肉もお箸で食える者の特権だ。ご飯を食う時、いちいちスプーンには持ち替えないのだよ、はっはっはっ！

「お前、本当に器用だな。だが便利そうだ」

「いや、俺の出身地域はほぼ全員使えるぞ」

「前の世界の道具かよ。こっちじゃ棒で食うなんて見たことねぇから、人前で使うなよ？」

「はーい」

俺の棒の印象が強い！　なんだかんだ言いながら、垂木の設置が終わったあとも、夕方まで付き合ってくれた。お土産に酒を1本進呈して本日終了。

翌日は1人で孤独に瓦葺き。屋根は青黒い自然石を薄く割った瓦で、色は気に入ったんだけど、石は水が染みてくるから、雨漏り防止で下に銅板を張った。銅板を張れば屋根としてはもう機能しているのだが、外観は大事ってことで。

ヨーロッパの聖堂とか屋根は、青銅葺きで緑青色《ろくしょう》をしてるのがいいけど、森のこの家ではちょっと。

なお銅板は、魔銅改め精霊銅な模様。重さを心配してたら、紙より薄くしてもすごく丈夫だった。他に使い道ないし、ガンガン使っていく方向。

今頃島の方は、移住希望を出してくれた建築士と石工の2人組が、塔の井戸の周囲に通路を作っているはず。きっと、井戸に水がひたひたしているのに驚いていることだろう。


今日も今日とて森の家。雨の多い季節が終わって、陽気のいい時期に終わらせてしまいたい。屋根ができたので安心だけど、半分は木造だし。

柱と柱の間、細い木を編んだ面に土を塗ってゆく。塗るのは藁《わら》と土を混ぜて発酵させたものに、水を混ぜて粘度を調整したものだ。

土壁の上に漆喰を塗る予定。腰より下は石壁、上は漆喰の白壁。急勾配の屋根が結構下まで覆っているので、外からはあんまり目立たないけど、中は太い焦げ茶の柱に白い漆喰の壁と天井の家になるはず。最初に塗った土は、乾いた時に表面に盛大にひび割れが出る。そこに今度は砂と細かい藁を混ぜた土を、割れ目に押し込むように塗る。伸縮率の低い砂が多めなので、こっちは割れない土だ。ひび割れにぐりぐりすることで、剥がれ落ちたりしなくなる。

ただひたすら塗っては乾かし、塗っては乾かし。色々やり方はあるんだろうけど、下塗りだけでえらい時間がかかる。漆喰まで辿《たど》り着くのが大変。

リシュはまたエクス棒をがじがじしている。結界からちょっとでもはみ出すと、ユキヒョウと鹿がやってきて騒がしくなるのだが、今日はまだ静か。

少し北寄りのここは涼しくって気持ちがいい。鳥の声と、時々魔物の声が聞こえる。庭はどうしようかな？　ここだけスポットのように陽が入って明るいし、花を植えて森との落差をつけようか。

そういうわけで、壁を乾かしている間は塔の手入れ。中で作業するので直接【転移】。一部屋というか、一階層は【転移】用に何も置かない部屋だな。

風呂・寝室・何もない部屋・台所・客を入れる部屋・ホール・倉庫・倉庫・海の見える居間かな？　もうちょっと海に近い方がいいんだけど。

まずは寝室。窓をつける場所に白墨で印をつける、高さはベッドと同じに。床には冷える石板を設置予定、風呂上がりで涼しいという贅沢。こっちは冬でも暖かなので、暖房のことは考えなくていいだろう。

で、ここは水の配管、台所まで通さないと。台所からの煙突は分厚い壁の中で、配管も壁の中にしたい。その前に——。

「いる？」

石壁をこんこんノックしてみる。壁からにゅっと青いトカゲが顔を出す。

「こんにちは」

「見える？」

挨拶すると、不思議そうな顔をしながら、するっと出てきた。

「見えるし、聞こえる」

「こんにちは」

ぺこっと頭を下げるトカゲ。

「この塔に住んでる精霊でいいのかな？　またちょっと煩くしたり、壁を落としたりするけど、何かやめて欲しいことってあるか？」

「塔ごと壊さないでくれたらいいよ。棲家《すみか》にしてるけど、僕、強くないから、ちょっと壁が残ってるくらいで平気」

崩れかけた城塞だったので、この島にそんなに強い精霊はいない。大きいのは風と海の精霊が時々来るくらい。

「俺は色々改築するけど、全体的に壊すとかはしないから。これからよろしく」

「よろしく」

先住者の精霊に挨拶を済ませ、作業に戻る。

山の家とカヌムは場所がバレているので、【解放】されたい精霊がウロウロしているのだが、この島は今のところ静か。それでも時々名付けを求めて精霊が来るけど。カヌムと違ってこっちは集まるのを止めずにいるので、そのうち山の家並みになるかもしれない。

まず配管を作ってしまおう。森の家は真面目にちまちま作ってるけど、こっちは能力を活《い》かしてファンタジーな塔を作る気満々。

一番上の階のバルコニーに出て、配管を作ると定めた場所の石に、魔法で穴を開ける。名付けた精霊が少なくても、見知らぬ精霊に頼めばこれくらいならできる。

熱した石の玉が、氷を溶かして真っ直ぐ落ちてゆくイメージ。場所は胸壁《きょうへき》寄りの床。塔自体の壁は胸壁より分厚い。

懐中時計を取り出して、見えるところに置く。

真っ赤に焼けた球のようなものが俺の手に現れ、それを落とすと床にあっさりと穴が開く。球は石を溶かしながらゆっくり落ちてゆく。真っ赤な球の速度は、俺の思い通り。懐中時計には秒針がないので、球の落ちるというか進む速度はことさらゆっくりにした。懐中時計を見つつも、なんとなく数を数えて時間と距離を測る。

きっかり1分で魔法を消す。水道橋の取り入れ口から水を汲み上げる配管と、排水管の2本。取り入れ口は台所に続いていて、もともと排水管があるので、台所の場所は動かさなかった。ここは岩礁《がんしょう》と潮の流れのせいで、舟が真下を通ることはできない——というか、弓矢で狙いやすいコースしか通れない。排水は崖を伝って海に落ちるので、多少飛沫《ひまつ》が派手になっても、下の舟には迷惑をかけないはず。

浄化しなくていいのかとか、ちょっと心配したが、皿や布巾を洗ったとしても、食い残しや洗剤代わりの灰とか、ムクロジの汁とか……。魚の餌になるだけだ。

台所の流しや、倉庫につける棚、入れるべき家具や設備のサイズを測る。塔の内部は一度測っているのだが、大物を置く場所を決めたのでもう一度。

照明をつけるために天井に梁を追加しよう。窓を開けるのは内装がある程度終わってから。屋上に咲かせる花はやっぱり薔薇だろうか？　あれ、海風が大丈夫な種類とかあるのか？せっかく庭師がいるんだし、チャールズに聞くか。

塔も森の家も楽しい。

◆◇◆◇◆

昨夜の夜半、アッシュたちが帰ってきた。門が閉まってしまうので一般人は入れないんだけど、カヌムは冒険者と商人には緩い。

脇門の通行資格があれば門限はあってないようなものだし、正門からしか出入りの許されない外の人間であっても、冒険者は銀ランク以上、連れは銀ランク以上ならグループの半分までとか。商人は身分はもちろん、持ち込む商品で割り増し料金とかの決まりもある。

緑円がぽわぽわ、いつもと違う動きをしていたので着いたのかと聞いたら、上下に動いて肯定の動き。

さすがに夜遅く訪ねるのもなんなので、代わりにパンを仕込んだ。朝は早めに起きて窯の火を熾し、リシュと散歩のあと、炭の位置を調整してパンを焼く。

畑からバジルやほうれん草、果樹園からサクランボ、鶏から卵。ハムとフレッシュチーズ、壺のパイ生地で閉じたシチュー。季節外れだけど、苺の入ったシュークリーム。

準備よし！


そして俺は、朝っぱらからディノッソの家の扉を叩く。まあ、パンを届ける時はいつもこの時間だけど。

「おう、おはよう」

「おはよう、ジーン」

「おはよう、これ朝食に。ディノッソ」

シヴァにパンと野菜、卵の入った籠を渡し、ディノッソを扉から引っ張り出す。

「どうした？」

「夕べ、アッシュたちが帰ってきた」

「無事戻ったか、よかったな」

「うん。で、再会ってどうしたらいい？」

遠くで物売りの声がかすかに響く、人のいない路地の端っこでディノッソに聞く俺。

「普通でいいだろ、普通で」

「普通ってどう？」

「笑顔で迎えりゃいいだろ。どうした？」

「なんか友達以上、恋人未満な感じで送り出したし」

どんな顔をしていいかわからないし、だいぶ落ち着きません。

「……お前、ヘタレ？」

「俺の人間関係の浅さを侮るな」

友人も含めて、待ってて再会できた試しがない。昨日までは普通に再会できるって思ってたはずなのに、なんか具体的には考えていなかったっぽい。そして今、絶賛空回り中。

「とりあえず、ディノッソは奥さんがいるので聞きに来た」

気づいたら俺の周り、独り者が多い。

カヌムには一攫千金な冒険者とか行商が多い関係もあって、街自体の独身男率が高いけど、既婚者どころか恋人の影がある知り合いがこう、ね？

「俺も改めて聞かれると困るんだが……。俺はシヴァが殺しに来た時に惚《ほ》れて、そのあとはずっと押せ押せ押せで行ったんで、お前の場合に当てはまらない。それまで他の女は、適当に喜ばせてたんだが――そっちも当てはまんねぇな」

お前、押せ押せはできねぇだろ？　という目を向けてくるディノッソ。

いや待て。この切羽詰まった時に、突っ込みを入れたい情報を混ぜてくるのやめろ。なんで奥さんに命狙われてんだよ！　というか、シヴァは元貴族令嬢だって言ってたよな!?

シヴァは「奥さん」と呼ばれるのが嬉しいらしく、俺にもそう呼んでちょうだいって笑ってた。一体どんな過去なんだ、この2人。

「とりあえず、笑顔でおかえりって言ってやれよ。ほれ、届けるんだろう？　ついてってやるから」

突っ込みを入れる前に、文字通り背中を押されてアッシュの家に向かう。

どこかにお手本、お手本はいませんか？

「ジーン」

自分の家を通って路地に出ると、お手本がいた。アッシュが顔を合わせた途端、無表情気味だけど、ちょっと嬉しそうな雰囲気で腕を開いてウエルカム。

「逆でお願いします」

差し入れの籠を置いて、両手を広げてウエルカム。

「む？」

手を広げたままなアッシュ。

「いや、お前ら、動物の威嚇《いかく》みたいだからどっちか動け」

ディノッツソの呆れたような声。

「そこでポーズを変えずに、お互いジリジリ間合いを詰めるのやめろ！　時計回りに回るな！」

こっちは真剣なのに、ディノッツソの注文が多い。

イマイチ感動の再会にならないまま、裏口から執事に声をかけて、家でアッシュと朝食。まだ寝ている客がいるそうで、執事は不参加。ディノッツソも隣に帰った。

籠はシュークリームだけ抜いて執事に渡した。なので改めて朝食を。

厚切りの食パンを四角く切り抜いて、とろけるチーズ、ベーコン、ほうれん草を詰めて卵を落とす。ごりごりと黒胡椒を挽《ひ》いてチーズを再び詰め、切り抜いた部分で蓋。好みでマヨネーズ、炭を調整して弱火で焼く。

「卵の焼き加減どうする？　固め？」

「うむ」

トマトとモッツァレラ、ルッコラのサラダを用意して、時間差でパンを暖炉に入れる。

「旅は大変だったのか？」

ソーセージをフライパンに放り込んで、焦げ目をつける。

「うむ。カヌムの家が快適で、途中の宿が少々苦痛だった」

「ああ、大きな街はともかく、村はなあ」

「晴れていれば、ジーンの寝袋で野営の方がよかったな」

寝台はあっても藁束だし、それより何より、ノミやシラミの巣になっている部屋が普通という恐ろしさ。

牛乳、ベリーのジャムを落としたヨーグルト、果物にサクランボを用意したところでパンもいい具合。

「お待ちどうさま」

「ああ、本当に。ずっと楽しみにしていた」

嬉しそうなアッシュ。

俺も嬉しい。

「夕べ遅かったんじゃないのか？」

「うむ。夜半に着いて、どうしても風呂に入りたくてノートに無理をさせてしまった」

食べたあと、ちょっと眠そうなアッシュの前にシュークリームを置く。

アズが嬉しそうに水浴びをし、緑円はぷかぷか浮かび、青雫は水に半分溶けててちょっとぎょっとする。３匹の様子を確かめて、自分のカップにもおかわりを注ぐ。

「そういえばノートが、客がいるって言ってたな、あまり長居できない？　朝食を一緒にして大丈夫だったか？」

客人を放置して長く家を空けられないだろう。

「客はリリス――ジーンも仕立て屋で会ったことのある女性だ。気の置けない仲だし、何よりまだ寝ているから心配は無用だ」

リリスは確か、軍服みたいな格好にブーツの赤毛の女性。困ったことがあったら訪ねてこいと、俺に指輪をくれた。

「友達が心配してついてきたのか？」

「うむ。友人だったのだが、今度義母になる」

「ん？」

「父と婚姻を結ぶことになった」

「えーと。アッシュより少し上くらいじゃなかったか？」

「ああ、２つ上だな」

こちらの年齢差婚の多さを忘れて、つい突っ込みを入れたくなる。貴族なんて、生まれた時から許嫁《いいなずけ》を飛び越えて結婚してることもあるしな……。さすがに育つまでは親元だけど、他の人とは結婚できない。なぜならもう結婚してるから、という。

愛とか恋よりも、生活や家の安定が優先される世界。もっと言うなら、生きていることが最優先。ナルアディードとか、勇者のいる国とか、魔物から遠い、長く戦争がない場所ではちょっと緩んできてるけど。

「義弟はどうした？」

「アーデルハイドの血は流れておらず、敵対国に近い隣国の出だと判明し、処罰された。我が国のことをよく調べて入念に準備をしていたらしく、入り込んでいたのは１人、２人ではない。扇動《せんどう》のために、民の中にも相当数がいた」

アッシュの家の当たり障りのないところだけ聞かせてもらう。アーデルハイド家の現当主は戦闘となるとアホみたいに強いらしく、事前に排除を画策《かくさく》され、精霊が憑いているアッシュもすでに頭角を現していたため、ついでに追い払われたという。

現当主はアッシュよりはるかに強いっぽい。なお、とても優秀な副官がいるとのこと。

あれか、戦闘になったら綱を解いて当主だけ放しておけばいいみたいな、そんなやつか？

ただし殲滅《せんめつ》させたいところに限るみたいな？

「む、苺……」

嬉しそうに食べ始めたので、質問をやめて紅茶のおかわりを注ぐ。

話はまたあとで、ということで、眠そうなアッシュを送って家の外へ。どうやら俺に会うために早起きしたらしい。顔を見て安心したので、これからまた少し眠るそうだ。

リードはクリスのいる借家に滞在しているそうだ。たぶん、昨夜は飲んだだろうから、こっちも今日は静かだろう。

「ジーン」

「ん？」

夜にまた会う約束をして、扉に手をかけたところでアッシュが振り返る。躊躇いがちに腕を開く。この距離なら間合いはお互い一歩だ。

「おかえり」

「ただいま」

背中を叩く――いや、俺はなんか後頭部をもしゃもしゃされたが――またちょっと親愛な感じのハグを交わして別れる。

アッシュはまた少し細くなったようだ、そしてちょっと柔らかい。漫画みたいな甘い雰囲気は望めそうにないけど、俺には十分。家に戻って食器を片づける、ついでにそのまま掃除。

大福用のクッションカバーとかを引っぺがして洗濯用の袋に入れ、1階に持っていって、風呂と台所に水を流して終了。使っていないと配管の水が蒸発《じょうはつ》して臭いが上がってくるので、それ防止。

そのあとは3階で家具作り、とりあえず大きいけれど簡単な構造の棚から。そろそろ木材を買いに行かないと――木材も自分で取ってこようかな？　乾燥させないといけないので、すぐに使う分は無理だけど、どうやらこれからも色々作りそうだし。

あとで木材の種類と、いい木材になる木のある場所を調べよう。石は色々【鑑定】して回ったんだけど、木はまだ少しだけ。ナルアディードのお偉いさんたちの机とかを見て回れたら、高級家具向けの木材は網羅できそうだな。

ソレイユの話によると、家具とか服とか、お偉いさん同士はいろんな面で張り合ってるようだ。見栄だけじゃなく、素晴らしいものを手配できる商会というアピールになるのだからしょうがない。

島も、ガラスをふんだんに使った建物がいいアピールになっているそうだ。青い布を作り始めたら、旗やら垂れ幕なんかを作ってあちこちに飾る計画らしい。

ソレイユには、自分の商会は好きにしていいけど、国としての取引は安定第一で、短期のイレギュラーを除いて、1カ所との取引を1割以上にしないようにお願いしてある。

島のことはナルアディードでだいぶ有名になったようだが、俺のことは出ない。ソレイユが代理だと否定しても、彼女が領主だといつの間にかすり替わっていたり、そもそも領主という単語が出ても、あまり掘り下げてこないらしい。

なぜ建物や商品のことは聞かれるのに、その持ち主や出所に興味を持たないのか、ソレイユや金銀が不思議がっていた。どうやらこれほど派手にやっても、俺の埋没能力の方が勝るようだ。安心、安心。

ついでに海と風、高波や渦潮、嵐や雷雨の精霊の名付けをせっせと頑張り、勇者が船に乗って南下した場合、雨の季節には嵐を、晴れの季節には凪《なぎ》をお願いした。

それも遠く、大空や深海など、島が勇者の目に映らない場所から。毎日でなく、あまり不自然にならない程度に。

お願いしなくても、【縁切】の影響で俺がいる場所には来られないし、俺の情報は入らないはずなんだが、念のため。他にも海賊とか来るかもしれないし、いざという時は波を立てたり、霧を出したりを頼もうと思う。

船旅のことを聞いたら、虫の湧いたビスケットの話とか、お馴染みのノミ・シラミの話が出てきて、少なくとも姉は絶対乗らないのがわかった。俺も乗りたくない。

とりあえず【収納】持ちがそばにつかない限り、陸路も海路も日本人3人の長旅はない気がする。

こっちの衛生観念が、俺の味方をしている。

庶民は服を何着も持っておらず、着た切り雀。お金持ちは絹やら何やらお高い服なのはいいけど、硬水で洗うとダメになるから基本洗わないという困った選択。

あ、いかん。考えただけで痒《かゆ》くなってきた。とりあえずディーンたちの服を引っぺがして洗おう。思い立ったが吉日というか、ムズムズする気持ちを周囲にぶつけにゆく俺。置き換え行為で掃除と洗濯をしてスッキリしよう。いや、洗濯は洗濯してくれる人に任せるけど。


「……今日は何かの集まりでしょうか？」

八つ当たり気味な掃除洗濯の途中、ディーンたちと貸家でお茶を飲んでいると、訪ねてきた執事が入り口で言った。

「おはようございます、いいえ、もう昼ですか」

清々しい笑顔のリード。

「こいつに引っぺがされた結果だから気にすんな」

白い甚平《じんべい》を着ているディーンが言う。ディーンだけでなく、俺とリード以外はみんな同じ格好をしている。

「まさか全員、着替えがないとは思わなかった。洗濯物を溜めすぎだ」

シーツやらを引っぺがして洗い物をまとめて出して、現在、上の階は虫除け効果のある香草で、燻蒸《くんじょう》中。こっちの世界で服なんかにかける香草で、あとには匂いしか残らずぺたぺたしない。電化機器がないので遠慮なくいける。

「1カ月や2カ月着替えねぇなんてざらだぞ？」

「夏場にそれはやめろ」

冬場でもやめていただきたい。

「涼しくて快適ではある」

甚平の構造を一通り調べたあとのレッツェ。

「今日は食事以外で出かける予定はなかったからね！　美味しい食事が出て清潔になるなら万々歳《ばんばんざい》だよ！」

起きるのを待って、1階の共有スペースに下りてきた順にブランチを与え、引っぺがしたのは俺です。

引っぺがしていたら、リードに見られて固まられたのも俺です。存在を忘れていました。

色々誤解を解くのが先行して、甚平は前に見たことがあるエスの白い民族衣装をうろ覚えで作ったと言って誤魔化した。だいぶ違うけど。

実際にこの白い甚平は、エスに行った時に購入した麻で作ったものだ。下ろしたてなのでちょっとぱりぱりした感触だが、馴染んでくるだろうし、夏は肌にくっつかないので涼しい。

俺の夏場の寝間着予定だったんだけどな！　涼しいように大きめに作っていたので、全員問題なく着ている。ディーンだけ下が短いけど、無駄にでかいんだからしょうがない。

俺の牛乳の成果はいつ出るのだろうか……。

リードは洗濯済みの着替えをちゃんと持っていた。今日は洗濯屋が回収に来る日だと伝えると、旅で着ていたらしい服をクリスの袋に詰め込み始めた。

綺麗好きっぽい。クリスもディーンに比べれば綺麗好きだけど。いや、クリスとレッツェは綺麗好きというより、手入れがいいと言った方がぴったり来るかな。

洗濯はマメじゃないけど、服にブラシをかけたり脱いだ時に形を整えたりしている。その辺は俺より細かい。俺は面倒なので、脱いだものを椅子の背にかけっぱなしとかよくする。

リードがいるので、飯はパンと野菜スープ、ソーセージと目玉焼きにした。美味しいと言われると嬉しい半面、こちらにない材料を使っていないか心配でひやひやした。

燻蒸《くんじょう》が終わるまでの間、俺の持ってきたパンにオリーブオイルと塩をつけて食べ、酒を飲み始めたのが3人、レッツェと俺はお茶という構図。レッツェの出してくれたお茶は、ちょっと土臭いけど慣れると香ばしくて美味しい。

「で？　何か用事か？」

「リリス様に頼まれ、リード様への支払いを届けにまいりました。伝言で、街を出る前に一度食事を共にしようとのことです」

執事はそう言って、丸めて封蝋《ふうろう》をした羊皮紙っぽいものと皮袋をリードに渡す。

「商業ギルドで現金化できる為替と、一部は使いやすいよう銀貨で用意いたしました」

「リリス様を途中までお送りしたあとでよろしいのですが……」

リリスは1週間ほどここに滞在して王都に戻るそうで、その時にリードも旅立つと、さっき聞いたばかりだ。

今日は1日休んで、明日は例のあの件で城塞都市に行くそうなので、落ち着かない感じだ。

俺もディーンとクリスに、一緒に来て娼館どうだ？　って誘われたけど、城塞都市はパスだ。

結局リードが支払いを受け取って、執事とのやり取りは終了した。娼館行きの一部になるのか、『精霊の枝』での精霊との会話代になるのか、どっちだろう？

燻蒸の始末を終え、借家をあとにする俺。リードの前で色々やらかしたり口を滑らせそうなので早々に。

島にも燻蒸条例を作ろうかな？　衛生状態にもよるけど、年に4回くらい、ノミ・シラミとかの駆除《くじょ》を。今はナルアディードからの出入りが激しくてダメだけど、島だし、何回かやれば殲滅できるんじゃないかと期待。

城塞の廊下とかに、イグサや藁、ハーブを混ぜたものを敷こうとしていたので止めた。外から持ち込まれる汚れや雨、床にこぼした飲み物を吸い取ってくれ、湿気を吸収し、石畳の緩衝材などにもなるらしいのだが、不衛生すぎると思うのは俺だけか？

年に何回か草ごと捨てるのだそうだが、食べ残しからネズミの死骸《しがい》までいろんなものが出てくるそうで……。せめてイグサは編んで、ラグかなんかにして欲しい。そしてこぼすな、こぼしたものをそのままにするな！

まず床にものを捨てない文化から根づかせないと。それを考えると、ディーンも綺麗好きな部類に入る……のか？

夜の約束まで棚や脇机を作って過ごし、時間が来たところでアッシュの家にお邪魔。夕食に招かれたというか、リリスとの顔合わせに呼ばれたというのが正しい。

でも、シヴァ以外の人の作ったご飯は久しぶりなので楽しみにしている。執事にはいつもお茶やコーヒーを淹れてもらってるけど。

パンは朝差し入れてしまったし、無難なところで酒とチーズ、蜂蜜。

アッシュは、ゴルゴンゾーラっぽい柔らかい青カビのチーズに、蜂蜜をかけるのを好む。青カビの刺激は優しく、ほんのりと甘味と芳香《ほうこう》があって、口当たりはねっとり、塩加減も控えめなチーズだ。

同じ青カビでも、執事が好むのは青カビのピリッとした刺激と塩味が強く、熟成させて水分が少ない代わりに、コクが増して香ばしい味わいになったもの。俺的ジャッジで言うと、ちょっと癖があって食べにくい。買ったはいいが始末に困って、カードゲームをやる時の料理に使いまくってたら、このチーズと牡蠣とほうれん草のグラタンが執事の好物になった。

この青カビチーズ2種と、蜂蜜、少し重ための赤ワイン。リリスの好みは知らんのでスルーだが、王都で昼飯の場所を聞いたら、酒を出す夜の店しか知らないと言っていたので、酒があればいいだろう。

「いらっしゃいませ。どうぞお2階へ」

「ああ」

燭台《しょくだい》を持った執事の案内で2階へ。

俺が改装したのでよく知ってるけど、２人が俺の家に来ることが多いので久しぶりに入る。

壁には等間隔に燭台。揺れる炎のせいか、置いてある家具や絨毯のせいか、俺の家と違って重厚な印象。

執事のベストから垂らされた懐中時計の銀の鎖《くさり》が、柔らかな蝋燭の明かりに照らされ、時々硬質な光を反射させる。

お高いんだよな、懐中時計。格好いいから俺も1個買ったけど。

元の世界で、60進法の時間単位を考えたのは紀元前約２０００年のシュメール人。１日を12時間2セットに分けたのは古代エジプト人。日時計、水時計、砂時計――16世紀にゼンマイ式の懐中時計ができたのだからすごい。個人的には、振り子時計より小さな懐中時計が先だったことに衝撃を受けたんだけど。

こっちの世界で時計がどんな進化を辿ったのか知らないが、農作物に関わる暦はともかく、のんびりしてるからそこまで時間に縛られなくていいと思う。ただ、あるとやっぱり便利だ。

「ジーン様がお着きです」

執事がかしこまった感じ。いつもと違う案内方法はやめろ、なんか緊張する！

「ジーン、来てくれて感謝する。こちら……」

「やあ、どんな男が出てくるかと思っていたが――テイムの店で会ったな？　あの時はディーバランド家の者だったが、もうすぐアーデルハイド・リリスになる」

アッシュが紹介を終える前にリリスが口を開く。堅苦しくないのは助かる。

赤い髪に軍服っぽい詰襟《つめえり》、ブーツ。きりりとしているが華やかな感じの美人で、スタイルもいい。金の刺繍やカフスが施されているため、形は軍服っぽいが華やかでよく似合う。あとお胸が大きいので、ぴったりした上着は段差が暴力。

「ジーンだ、改めてよろしく」

リリスと握手を交わして、とりあえず着席。

アッシュの本名はアーデルハイド・ル・レオラ。間にルが入るのは直系のみ、嫁ぐリリスには付かない。よし、よし、名前の説明覚えてるぞ。

結婚式は毒を盛られたアッシュパパの体調のこともあって、半年後。リリスは初婚だけど、公爵家の後妻になるため、派手にはしない予定だそう。

アッシュパパはもう起きて動き回っているけど、夜になるとゼンマイが切れたように倒れ込む感じで、アッシュの今の生活をリリスが代理で確認しに来たらしい。

執事の用意してくれた食事はコースっぽくなってて、全員が食べ終えると次が出てくる感じ。執事は同席しないんだな、と思いながら舌鼓《したつづみ》を打つ。

ちょっと酸味のあるチーズとハム、続いてスープ。食事中は当たり障りのない話。

「団長は昔から私の憧れでな、ここぞとばかりに押し倒した。あのボンクラが処罰されたことで、既成事実を作れば受け入れられることはわかっていたからな」

嘘です、当たり障りありすぎです。毒で弱ったアッシュパパを押し倒した話です。話の最中、思わずアッシュを何度も見てしまった。

通常運転で肉を切り分けてたけど。

「すまん、どういう顔をしていいかわからん」

「喜べ、私が子を産めばレオラは自由だ。私はアーデルハイド家の世継ぎを必ず産む」

紅《べに》の塗られた唇をニヤリとさせるリリス。

「アッシュ――レオラの選択肢が増えるのは嬉しいけど、ずっと家に帰れなくなるとかじゃないよな？」

「アッシュでいい」

名前を言い換えた俺に、アッシュが言う。

「もちろん好きな時に帰ってきてもらって構わない。私は義母で友人だからな。なんなら孫も一緒で構わない」

「うむ」

ごふっ！　咳き込む俺。アッシュ！　うむ、じゃない、うむじゃないだろう⁉

「大丈夫か？」

呟き込む俺を心配するアッシュ。ダメです、大丈夫じゃありません。

思わず助けを求めて執事を見る。

視線を合わせせない澄ました顔からは、使用人はいてもいないない存在なのですよ、という心の声が読める。おのれ……っ！

「ジーン、からかわれているだけだ。この場合は私が自由に家に帰れることだけ覚えていればいい。私もあとは流している」

俺の落ち着かない視線に気づいたのか、アッシュからフォローが入る。頼むから流すところ考えてくれないか？

「ああ……」

って、アッシュパパはスルーしてたら押し倒されたんじゃ……。ちょっとホッとしかけたけど、安心できないっ！

「はは。精霊銀を購《あがな》える財力と人脈、贅沢を言えば精霊金を求めたいところだけど。ま、あとは人格に問題がなければ、公爵家としては賛成なんだよ。なにせレオラが恋をするとは思っていなかったし、何より女性に見えるようになるとは――レオラを精霊で縛ったことは、団長にこれでもかというほど反省させせた。厚顔《こうがん》にも、第二王子との婚約を元に戻すよう言ってきた王家も黙らせた。レオラには思う通りに生きて欲しい」

リリスの母方は筆頭公爵家で、今回のことで実権を完全に握ったんだそうだ。公爵家が何かやらかさない限り、これから先の王はずっとお飾りになる。

こうなると、押し倒したのも政略の匂いがぷんぷんする。リリスを通して、筆頭公爵家が武の公爵家も手に入れた、みたいな。ただ「団長」と呼ぶリリスの声は少し嬉しそうなので、それだけでもなさそうなことが救い。

「本当に、あの男前な状態からここまで変わるとは。――中身が全く変わっていないことにも驚いたけれど」

感慨深そうにアッシュを見るリリス。

うん、肩幅とか、３分の１くらいになったんじゃあるまいか。これで――いや、なんでもない。

「これで胸があれば」

リリス、俺が控えたことをズバリ言うのはやめろ！

その後はざっくり、国がどうなったかを聞き、先の事件で俺が聞いても問題ないことをいくつか聞いた。

事件の影響は現役から子世代まで幅広く、一部では暗殺や阿片《あへん》の使用もあったようだ。最終的には、井戸に毒を流すと同時に敵対国が攻め込んでくる計画だったようだ。

井戸や川に毒を流すのは、周辺国から非難され信用を落とすことだけど、時々行われる行為でもある。信用が落ちると、それを理由に他国が攻め込んできたりするので、滅多に行われないはずなんだけど。

あと、執事の息子はそのまま続投。なんか、お勉強はできるけど判断力がないタイプで、適切な指示を出す人間がいれば優秀なんだそうだ。アッシュの脳筋パパとは相性が悪そうだけど、リリスがいれば――って、ますます乗っ取りフラグが。

「それにしても、レオラが騎士として守りたいと言うし、冒険者だと聞いていたから、団長のような偉丈夫《いじょうふ》を想像していたのだが」

そう言って俺を見るリリス。

アッシュパパはムキムキか⁉　あとなんか、ちょっと惚気《のろけ》が入っている気配！　比べるのはやめろ、俺はまだ成長途中のはずだ。

「魔物は最近何を狩ったんだい？」

「赤トカゲだな」

他にも狩ってるけど、最近は赤トカゲです。叩き斬るだけでいい魔物より技術がいる。叩き斬るだけでいい魔物が、普通はズバッといけない魔物だということはこの際置いておく。

「ま、レオラがいれば安心だろう。少々融通がきかんが、護衛としても優秀だ。商人だとも聞いているからな」

弱い判定された気がするが、事実とは違うので気にしない。リリスってもしや、強さが男のバロメーターか？

思ったより執事やアッシュが俺のことを伝えてないっぽいので、ちょっと困惑。アッシュが自由になったのは、相手《おれ》が認められたというより、アッシュが信頼されてるんだな。

そんなこんなで顔合わせの食事会が終了。食事の味がよくわからなかった！

リリスは俺の思う貴族らしさと、親愛と、気さくさと、毒舌が入り混じった不思議な女性だった。

たぶん俺の方も値踏みされたんだと思うが、リリスの中でどんな評価が下されたかはわからない。

それにしてもこう、俺の中の貴族の令嬢のイメージがだんだん怪しくなってきたのだが、こっちが普通？　暗殺者とか戦闘力高そうとか肉食系とか……ううん？

外伝　とある執事の場合

失態です。

あの箸にも棒にもかからぬ男の口車に、マミール家が乗るとは。いえ、当主ではなく、嫡男《ちゃくなん》が勝手に動いたのでしょう。レオラ様と第二王子の婚約解消は望むところでしたので、介入しなかったのが失敗でした。

公爵家の前当主の言葉のお陰で、手出しできる範囲が限られていたのは確かですが、レオラ様の難儀を回避する方法は何かあったはず。

怪我をしたまま家を出たレオラ様を追う前に、国を出る算段を整えなければ。

レオラ様の危機を、ディーバランド家のリリス様に知らせるのは後々面倒になりそうですが、国内では前当主の残した制約が多すぎて動きにくい。

本当に忌々《いまいま》しい――契約の証が浮かぶ手を一体何度切り落とそうと考えたでしょうか。あくまで証が浮かぶのが手の甲だけで、切り落としても意味がないため実行していませんが。

分家に生まれた者が公爵家と結ばされる契約は、物心ついた時にはあったもの。最初の命はアーデルハイド家の当主を殺さないこと。血による支配契約ですが、対象が当主と限定されるのは血族の争いにも使われるからで、私も前当主の甥《おい》を暗殺いたしました。

命令に従うには抜け道もあり、実際、後継を作れと言われ、暗殺した貴族の赤子が私と似ていたので、これ幸いと連れ帰り、私の子として分家の嫡男に据えています。前当主の意向は、精霊を使役する私の血筋という意味だったのでしょうけれど。父は気づいていたのでしょうが、思うところがあったのか何も言いませんでした。

前当主が引き継ぎを行わないまま亡くなったのは幸いですが、命を解かれることもなくなりました。全く忌々しい……。


テイムの店に駆け込むと、レオラ様は至って普通にしておられました。怪我を負い、家を追われたはずなのですが。

「お嬢様？」

呼びかけて駆け寄ると、見慣れぬ男が1人。この私が部屋の中の人数を見誤るとは不覚でございます。

レオラ様を気遣《きづか》いつつ、男を観察したのですが、恐ろしく美しい。貴族でもなく、商人でもなく。服装は貴族の装束《しょうぞく》ではありませんが、質はいい。姿は美しく、所作はぞんざい。なんともちぐはぐな印象でございます。

「ゆっくりしていないで、早く街を出ろ。手はずは整えてある」

「私に逃げる理由はない」

リリス様が勧めますが、レオラ様は聞き入れません。自身が公明正大でございますので、疑いは晴れるもの、晴れなければ日頃の自身の行いが悪いのだと思われるお方です。聡明《そうめい》な方なので、関係者の利害や都合などで結果が左右されることも理解されているはずですが、それで自身の理想を曲げる方ではございません。

「お嬢様、戦略的撤退でございます」

「む……」

決してただの脳筋ではないのですが、結果的に周囲にそう見えてしまうこともございます。

「ああもう、今は急ぐんだ。大人しく馬車に乗りたまえ！」

レオラ様が怪我をしていることを知らぬリリス様が、無体《むたい》を。

「うっ……」

傷を庇い痛みを堪《こら》えるレオラ様の体を慌てて支え、見ると、シャツに血が染みています。

「リリス様、お嬢様はお怪我を」

「あ、わるい……」

「って、なぜポーションを使わない⁉」

「お嬢様が、アーデルハイド家を離れたからには、家の財産は一切使わないと」

お勧めしましたが、頑として聞き入れられず、仕方なく使用人も使う膏薬《こうやく》などで応急の手当てをしたのみです。

「「……」」

沈黙のあと、男がポーションを差し出してきます。

「お？　ありがとう。えー、君は？」

「ジーンだ」

ポーションなどという高価なものを持ち歩いているということは、旅をして着いたばかりか、大怪我をするような職業か——どちらにも見えず、何者か判別がつきませんが、害意は感じませんので、ここはありがたく使わせていただきます。

「助かった。私はディーバランド家のリリスだ。これをやる、困ったことがあったら訪ねてきてくれ。もっとも私がレオンと親しいのは知られている、私の身辺も煩くなるから、しばらく近づかない方がいいだろうがな」

リリス様はそう言って、指から抜いた指輪を男に渡しました。この国で商売をするにも、何をするにも、ディーバランド家の庇護を受ければ有利に運ぶでしょう。

今後の情勢次第ではありますが、ディーバランド家が没落することはまずございますまい。

「一応、受け取っとく。でも俺は王都在住じゃないしな。今日の昼を食う場所でも紹介してくれ。あとお嬢様というのは？」

高価なポーションを渡しておいて、対価は食事の場所でございますか。

よほどの金満家の息子が、お忍びでぶらついているのでしょうか。護衛の気配もなく、護衛を巻く実力もなさそうな方が、単独でいるのが不思議でございます。

「昼か。酒を出す夜の店以外、疎くてな」

「でしたらロマーノへ」

とりあえず、ここから安全に移動できる店を紹介いたしました。レオラ様に親切にしていただいた方が、身ぐるみ剥がされるのは気分がいいものではございません。

その後は無事に国を出、道中の安全を確保して別行動を。レオラ様はカヌムへ向かい、私はついてきたディーバランドの息のかかった者と、一旦国に戻りました。私はただの執事ですから、走るわけにも殺すわけにもいかず、本当に邪魔でございました。

別れたあとは追っ手を潰し、情報をいくつか流して働きかけ、現当主が外で作った子として公爵家に入ったあの男が、毒に臥《ふ》せる当主を殺せないように計らいました。

これで少々の猶予《ゆうよ》ができたはず。直接手を下せないのが面倒ですが、仕方がありません。

公爵家や国がどうなろうと構いませんが、エミール様の血を引くレオラ様には手出しをされたくございません。

レオラ様はお祖母様であるエミール様に、姿も気性もよく似ておられる。レオラ様が女性らしくよく表情が変わるようになれば、瓜二つでございましょう。


前当主の命で、エミール様と王の枝を探した旅は、私の中で特別なものでございます。

あの頃はあの王子もご存命で、前当主も、王子と同じ理想を描いておりました。冷徹な性格の前当主が、あの王子の元にいると人並みの感情を表したのだから不思議です。

エミール様は、北の黒い森に籠もる大魔導師で、大賢者とも呼ばれるハウロン殿の元に5年ほどおられたそうです。

大魔導師ハウロンといえば、私の生まれる前から歴史の表舞台に登場する名前。風の精霊の時代どころか、火の精霊の時代から生きているとの噂がございますが、おそらくハウロンの名と知識を継ぐものが代々いるのでしょう。

旅の夜のよもやま話で大魔導師ハウロンについて触れた時、そのことを王に告げれば、旅の便宜《べんぎ》をもう少し図ってもらえたのでは？　と、同行の回復師が申しましたが、大魔導師はもう外に出てこないし、私が養い子だったなんて言っても信じはしないだろう、と。

大魔導師の元におられたにも関わらず、エミール様に魔法の才はほとんどないそうです。周囲にいつも精霊がまとわりついていても、大魔導師のものは原始の精霊に近く、よほどうまく力を引き出さぬ限り使役するのは難しいと言われたそうです。

代わりにエミール様は、身体強化が常にかかっている状態だそうで、白く細い手足から繰り出される剣技は美しいものでした。ただ、強さからすると、冒険者でいうところの銀ランク相当だったでしょうか。白い森を目指すほどに強い方では決してございませんでした。それでもあの王子の治世を迎えるために、王の枝を望まれました。

あの王子との出会いは、賊に襲われた王子をエミール様がお助けになったことだそうで――なかなか劇的な出会いだったと伺っております。

白い森の場所を精霊から聞き出すため、試練をいくつかこなし、過酷な旅に耐える実力をつけ、いよいよ白い森に旅立つ直前。王子が王城を抜けてエミール様の元を訪れ、お2人は短い逢瀬《おうせ》を楽しまれました。死出《しで》の旅、永遠の別れになるかもしれない恋人の元へ、会いに。

エミール様が驚いて「どうやって？」と問い、「貴方の養い親が導いてくれた」と王子がお答えになった抱擁《ほうよう》。私を含む旅支度の者たちは、お2人のためにそこを離れました。見ているこちらも幸せにしてくれるような、そんなお2人でございました。

しかし、王の枝を手に入れて帰った王城で待っていたのは、別の者でした。王座を囲んで参列する貴族の間を進み、エミール様は王座の前に。

王冠を被った者が枝に手を伸ばすのと、エミール様が王子のことを尋ねたのは同時でした。

王子は暗殺された。笑いながらそう告げた王冠を被った者の首は、エミール様によってその場で飛ばされました。

居並ぶ者は騒然となりましたが、エミール様が手にした王の枝が崩れ落ちると、水を打ったように静まり返りました。王の枝に集った精霊たちがざわめき、半透明になって姿を見せると、再び悲鳴と怒声が響き渡りましたが、あとの祭り。

おそらく王座を囲んでいたのは、王子を弑《しい》することに加担した者たちでした。1人残らず倒れ、広間はまた静まり返りました。広間から出ていった精霊もおりましたので、外にも協力者がいたのでしょう。

王の枝が手に入るなら、この者たちにとって王は誰でも——自分に都合のよい者ならば——よかったのでしょうが、エミール様にとっては、あの王子でなくてはなりませんでした。

王の枝は、誓った理想を違《たが》えると、崩れて消え去ります。また、違えた者たちに、王の枝に集められた精霊が罰を与えます。手に入れ、戻るまでに集った精霊の数は多くなく、国が亡《ほろ》ぶほどの被害はございませんでしたが、貴族を中心に、精霊を失った者が多数出ました。

王城の騒ぎは、囚《とら》われていた王や、アーデルハイドの前当主らによって収められました。王の枝を探す旅は失敗とされ、広間での騒ぎは封印されました。国の周囲の情勢は不安定で、王家の醜聞《しゅうぶん》を外に出すわけにはいかなかったようです。

エミール様と王子は、本当に見ているだけで幸せな気持ちになるお2人でございました。おそらく、前当主もそうだったのでございましょう。

私と違い、エミール様ではなく王子の方に傾倒していたようですが。

前当主は、亡くなった王子のお子を身籠《みご》もっているのを承知で、エミール様を後妻として娶《めと》り、公爵家の血と混ぜるために、生まれた女の子を自分の嫡男と結婚させました。

王の愛妾《あいしょう》が身籠もると、子が腹にいるまま家臣に下賜《かし》されることもございますので、周囲は受け入れておりましたが、エミール様が幸せだったかは私にはわかりかねます。

表面的には、王子のお子をよい環境で育てられることを喜んでらっしゃいましたし、王子が亡くなってからますます酷薄になった前当主は、エミール様を憎からず思っていたようです。

エミール様が望めば、私は契約を破り、代償を受けてでも逃すつもりでおりましたが、レオラ様のお母様を産み落として亡くなってしまったため、その機会は訪れませんでした。

だからレオラ様には、エミール様とお母様の分も、望むままに生きて幸せになっていただきたい。今度こそ、想い人を亡くすようなことはさせません。想い人と添えないことが、三代続くようなことも阻止いたしたい。

今回の首謀者は、トルム国。トルムの作戦を取りまとめる貴族には、公爵と同じ病で倒れていただきましょうか。暗殺しても、次の者が跡を継ぐだけでございますから、何か言える程度には動けるままに。ついでに不和の種を、存分に撒かせていただきましょう。

第二王子に取り入った、あの愚かな娘に憑いた精霊を見られたくなかったのでしょうが――レオラ様に怪我をさせたのは許せません。

時間を与えれば、あとはディーバランド家がなんとかするでしょう。その時、王家と公爵家がどうなっているかは知りませんが。


国内とトルム国で時間稼ぎの仕事を終え、急いでカヌムに向かい、待ち合わせた冒険者ギルドへ。なぜかレオラ様の隣には、テイムの店で会った胡乱な男がおりました。

レオラ様はお強いので生死の心配はしておりませんでしたが、騙される心配はありました。

「ノート」

レオラ様の呼びかけに立ち上がり、一礼。追っ手から身を隠す立場、さて、なんとお呼びすればいいでしょう？　名前は伏せるとして、お嬢様と呼びかけていいものかどうか――。

「アッシュ、待ち人と会えたんだな？」

男はジーン様でしたか、私の顔はご存知のはずですし、これは助け舟でしょうか？

「アッシュ様、ご無事で」

レオラ様に頭を下げ、ジーン様には謝意《しゃい》を。

「おう、ようやく来たな」

再会の経緯を聞く前に、赤毛の男がお2人に声をかけてきました。

「ゴタゴタに付き合わせた詫びに一杯奢《おご》らせてくれ。そっちは？」

「お初にお目にかかります、ノートと申します。数年前まで執事をしておりましたが、冒険者になりました。アッシュ様にはご縁があって、押しかけ従者のような真似をしております」

レオラ様は表情のせいで、周囲と打ち解けるまで時間がかかることが多いのですが、すでにお知り合いを作ったようです。どうやらディーン様は、レオラ様を男とお思いのようですが。

さて、カヌムの情報は街についてはともかく、人の情報はほとんど持っておりません。レオラ様に害のない人間なのか、余計なものがついていないか、早々に見極めたいところです。

――早々に、見極めるつもりでおりました。

ディーン様には裏がなく、簡単でした。しかしジーン様については、訳がわからない。精霊憑きでもないのにレオラ様と同様に熊を狩り、細腕で持ち上げます。狩りの現場を見たことはまだないですが、隙だらけでございますし、戦闘向きの身のこなしでは到底ないのですが。

レオラ様がいらっしゃらない時に、殺気をぶつけてみましたが気づかれません。それに裏はなくとも、何か秘密がありそうな……。

しかし、レオラ様は気に入ってらっしゃる様子。当主が憑けた精霊から解放されているようですが、ジーン様でしょうか。だとすると魔導師かと思うのですが、連れている精霊の姿がありません。私のように、バレない距離に離しているのでしょうか？

試しにクインをジーン様の家に呼び込もうとすると、他の精霊に邪魔されました。どうやら精霊を連れた魔導師の線で当たりのようです――タルトに落ちてきたクインを、鷲掴《わしづか》みで拘束されるとは思っておりませんでしたが。

平穏を望む魔導師ならば、あの王子のように死ぬことはないはずです。レオラ様が気に入っていらっしゃるのならば、少々手助けもいたしましょう。

ジーン様の家のそばに、家を。ハイクラスの宿は城塞都市まで行かねばございませんし、レオラ様にいつまでも宿暮らしをさせておくのも問題です。

こちらの事情を知っている方がそばにいるのは心強く安心でございます。レオラ様――アッシュ様も嬉しそうで、手を回して前の住人を退けた甲斐がございました。

ジーン様は至って普通ですが、お作りになる環境は普通ではございません。金をかければ真似できるものなので、よいと思ったものは取り入れさせていただきました。

それにジーン様は、類を見ない潔癖症《けっぺきしょう》。お陰でアッシュ様の暮らしからノミやシラミの類は駆逐《くちく》されました。もちろんギルドで会う冒険者や、飲み屋ですれ違う酔客《すいきゃく》のものまで駆逐したわけではございませんが、アッシュ様はもともと誰かと気軽に肩を組むような性格でも外見でもございませんので、問題なく。

ジーン様の料理を真似しようと努めておりますが、満足のいく出来にはならず、どうも素材の吟味《ぎんみ》からして違うようです。カヌムには同じレベルの素材がないようですが、どこから入手しているのでしょうか。

ジーン様は普通ですが、普通ではありません。なんでしょう？　育ちが違うとでも申し上げましょうか――。

レオラ様はアッシュ様となってから、表情が和らいでお幸せそうなので、強いてジーン様を追及するつもりはございませんが、不思議でございます。

魔物の調査隊として、魔の森に行くことになりました。さすがに追っ手も、魔の森にまで来ることはないでしょう。

ジーン様が、アッシュ様と私にローブコートを作ってくださいました。牛でも山羊の皮でもなく、軽く薄く、雨を通さない丈夫な素材……謎の素材でございます。

野宿をされるタイプとは思っていなかったのですが、ジーン様は意外にも慣れてらっしゃるよう——いえ慣れすぎていらっしゃるようで、ずいぶん快適な環境を整えていただきました。

新しくお近づきになった銀ランクのクリス様は、癖がありますがよい方のようです。ジーン様は、補佐のレッツェ様に懐いてらっしゃいます。アッシュ様は、ジーン様以外とは等分に。

驚いたことに、ジーン様は魔法をお使いになりません。身体強化系の精霊なのでしょうか？剣の扱いで危ういところはございますが、膂力《りょりょく》も体力も速さも桁違いでございます。

ところで、ジーン様は隠し事が下手でございます。調査で到着した場所に繁殖していたオオトカゲの魔物の皮は、私とアッシュ様のローブの素材にそっくりです。追及するつもりはございませんが。

ジーン様がカヌムで招いた友人は、バルモアでした。タリア半島にいたはずの家族と、ジーン様はどうやって知り合ったのでしょう？　しかも、ごく最近まで付き合いがあった様子。バルモアたちがいた場所を私は知らないことになっているので、口には出しませんが。

最近、新しいバスタブが売り出されたパスツール。タリア半島。移動範囲が少々おかしゅうございます。追及する気はございませんが。

バルモア家と隣同士になり、ジーン様が作ってくださった抜け穴の改良を考えます。

「風の流れについていって、あとは音。空洞だと音がどうしても違うのよね」

シヴァは目端が聞き、探索が得意です。

「他の家なら隙間だらけで気づかなかっただろうが、この家は隙間らしい隙間がないしな。風が吹いてりゃなんでってなるだろ？」

バルモアの言う通り、ジーン様が手を入れた家は、本職が整備した家より気密性が高く、完璧でございます。それはもう見たことがないほどに。どんな屋敷も隙間があるのが前提、タペストリーなどで隙間風を防ぐのが普通でございます。

「風はこちらの家の隙間を塞げば問題ないかと」

「あとは音か」

抜け穴の前に座り、考え込むジーン様。

「う〜ん。通る時以外は、普通の壁のフリをお願いします」

無茶を言ったかと思うと、なんとみるみるうちに塞がる穴。

「ちょっ……っ！　お前はまたそういうことを人前で！！！　ノート！　どういう教育してる

んだ!?」

バルモアの声で思考が戻りました。この私が一瞬思考を飛ばしておりました。

「……責任の範囲外でございます」

ようやく言葉を紡ぎましたが、ジーン様？　さすがに少し追及してもよろしゅうございますか？


「これ、酒とお菓子。今日は2人に謝りに来た」

「ジーンに謝られるようなことはされていないと思うが……。なんだね？」

困ったことにアッシュ様は、ジーン様がいらっしゃると台所の裏口を自分でお開けになります。他の方の場合は待たれますので、なるべく早く顔をご覧になりたいのでしょう。

「魔鉄、俺が粗相《そそう》して使えない剣にしてしまった。せっかくもらったのに、申し訳ない」

手土産を受け取ると、ジーン様がアッシュ様と私に頭を下げられます。

「謝ることはない。魔鉄はジーンに渡したもの、自由に使っていい」

「ジーン様は鍛冶もおやりになるのですね。鋳潰《いつぶ》して、作り直されてはいかがでしょう？」

気にしてらっしゃるジーン様にご提案を。

「なるほど。思いつかなかった、あれ鋳潰せるかな？」

少々不穏な気配でございます。

「……ジーン様。バルモア——ディノッソ様を呼んで、一緒にその失敗した剣をお見せいただけますか？」

笑顔でお勧めいたします。ぜひ。


ジーン様の家に移動し、裏口を出てバルモアを迎えに。

「失礼します、シヴァ様。ご主人をお借りしてもよろしいでしょうか？」

「どうぞ〜」

「え、奥さん、ひどい！」

先にシヴァの了解を得ると、バルモアが悲鳴を上げます。

「アッシュ様、ジーン様と、ジーン様のやらかしが待っておりますので」

「え、やらかし確定なの⁉」

王狼などと呼ばれておりますが、落ち着きのない男です。

「開いてるぞ」

シヴァからバルモアを借り受け、ジーン様の家に戻ります。

「いらっしゃい」

「よし、覚悟はできてる。見せろ」

短い間に覚悟を決めたのか、椅子に座ってジーン様を真っ直ぐ見るバルモア。

「これ」

机の上に剣を――手には何もお持ちでなかったようですが、どこから？

「いや、待て」

「うん？」

「今、どこから出した？」

「【収納】から」

「「「……」」」

こんなに軽く見せられ、こんなに軽く言われるものでしたでしょうか。私の知る【収納】持ちは、大魔導師ハウロンと、白い森の旅で一緒だった少女、ナルアディードの海運王のみ。あの時の少女は今、大陸中を移動する商人になり、大変儲けてらっしゃいます。――ああ、そういえばバルモアの息子もいましたね。

「はあああああああ……。お前、それ隠しとけよ」

「はいはい」

「軽っ！　ノート？」

「今まで隠しておられたので大丈夫かと。代わりにお作りになった鞄が目立っておりますが、こちらはギルドをうまくお使いです」

恐ろしいほど軽く明かされましたが、アッシュ様と私、バルモアは、おそらく信頼されたということなのでしょう。

「で、これが件《くだん》の剣か」

バルモアが机の上の剣を取り、鞘から抜き放ちます。

「うわぁ……」

抜くだけで刃に炎が走り、一目で精霊剣とわかる代物《しろもの》。

「……鋳潰すのは中止でお願いいたします」

止めておいてようございました。

「ふむ、美しいな」

剣に見惚れるアッシュ様。

「気に入ったならやろうか？」

「いや、あいにく私のそばには炎の精霊がいないので、扱い切れぬ」

「ディノッソは？」

「お前、人前で使えないような剣を、軽々しくやろうとすんなよ。いくらだよこれ」

バルモアは実際に呆れているのでしょう。このレベルの剣を語るにしては軽すぎます。もっとも今いただいたエクレアといい、羽毛布団といい、どの程度の資産をお持ちか予測がつきませんが。それでも精霊剣の値段は、国家の予算レベルでございます。

「えーと？」

「いや、待て。ノート、そもそもこれ、なんでできてるか聞いていい？」

「大陸の人間とは交流を絶っている、北方の島にいるという種族が作る刃に似ているかと」

「頑張ってカンカン鍛造《たんぞう》しました」

まさか自分で作ったのかよ！　と呟いてバルモアが頭を抱えます。そういえば、加工してダメにしたとおっしゃっていましたね……。

「精霊剣になったのは仕方ない。人前で使えないと判断してるし、セーフだ」

「うむ」

気を取り直して告げるバルモアに、ジーン様が得意げに頷きます。

「でもアウト！　精霊剣じゃなくてもアウト！　アウトだから！！！」

「ジーン様、スルーする基準をもう少し引き下げてください」

隠さねばとは判断したようですが、扱いが軽すぎます！

「すぐ折れる刃物なんて嫌だ」

「ノート？」

「――範囲外でございます」

聞かれて何かをお答えするのは得意でございますが、教え導くのは私には無理でございます。

暗殺者を仕立てる方法なら存じておりますが。

「戦闘関係はともかく、生活の快適さは譲れないな」

「ジーン様は我らより文化レベルが上のようでございますね」

おそらくそれが認識のズレの原因なのかもしれませんが――いえ、羽毛布団や食事はともかく、【収納】やこの精霊剣の扱いは、文化に当てはまらない気がいたします。

「ジーンの普通が我らの非常識なのだな」

アッシュ様がおっしゃいます。普通について追及いたしますのは、なかなか難儀なことかもしれません……。

「ジーン、いるかあ？」

「どうぞ、開いてる」

外からディーン様の声が響き、籠を抱えて入っていらっしゃいました。

「うをっ！　バルモア。こ、こんにちは」

「ああ」

頭を抱えたままのバルモア。気持ちはわかります。私が他人にここまで共感する事態が、こうも続くとは思っておりませんでした。予想外でございます。

「なんかあったのか？」

「譲れない地点の探り合いだ」

「なんだか知らんけど、あんま突き詰めるなよ。気楽に行こうぜ？　──お、いい匂いだな！　もらっていい？」

場を盛り上げるおつもりか、ディーン様はいつも以上に明るい声でございます。

「どうぞ。たくさん作ったし」

「おう、あんがと。これ知り合いから譲ってもらったアスパラガスな」

先ほどと打って変わって、なんの変哲もない旬の食物のやり取り。ジーン様の会話のトーンは、【収納】や精霊剣の時と変わりません。

「その菓子で、たぶん民家が買えます」

なので、つい口を挟みました。日常の世界にいるディーン様をこちら側へ。

「ぶぼっ！」

予想通りの反応をするディーン様。

「ノート？」

「バニラビーンズ、カカオ、それだけでも一体どれほどか。そして苺と称する甘い実は範囲外でございます」

ほとんどの材料は、城塞都市にも滅多に入ってこないものです。今後のアッシュ様の食卓のためにも、どこでどう手に入れたのか追及いたしたいところでございますが、きっとこれも追及してはいけない事柄なのでございましょう。


ジーン様、バルモア、レッツェ様と、定期的にゲームを。ゲームも楽しみますが、思いのほか会話も弾みます。……ジーン様の普通ではなくズレた部分の、情報共有の場でもあります。

レッツェ様は、可もなく不可もなく目立たない方かと思っておりましたが——おそらくわざと目立たぬよう行動しているのでしょう。精神と考え方のバランスが素晴らしい、ジーン様への対応は見習いたいものです。

それにしても、平常心とはこんなに難しいものでしたでしょうか？

ゲームをする部屋は、驚くことが多々ございますが、快適な空間でございます。

そしてジーン様は、私の知らないカードゲームをご存知です。どこのゲームなのか追及する気はございませんが。

「チェンジリング？　〝取り替えっ子〟だっけ？」

金ランクのアメデオたち、いえ、ローザ殿は、遠方の勇者の話を持ち込んだようです。

「普通は、精霊が肉体《にく》を持った不完全な聖獣と、人間の子との取り替えだ。聖獣が自分で身を守れるほどに育てばどこかへ消える。ダイレクトに精霊が姿を写す場合もあるな。だが、勇者のチェンジリングは違う」

人に興味を持った、人に見える精霊――妖精による自分の子というか、分身と人間の子との取り替えの方が多い気がいたしますが、バルモアの言う通り、様々なパターンがございます。それよりも勇者のチェンジリングです。

「元の世界に残してきた愛する者の写し身、ですか。人の記憶は曖昧なもの、それにずっと姿を思い描いているなど不可能。不完全なそれは安定《ちから》を得ようと精霊を食らうと聞きますが？」

「実際に精霊を食らっているところを見た者がいるそうだ。ニーナの話じゃ、すぐ始末されて誰がチェンジリングかわかんねぇそうだ」

「それは勇者ごと始末する話にはならない？　魔法ガンガン使ってて迷惑って聞くけど」

金ランクや勇者に憧れる者は多いのですが、ジーン様にそのような様子はございません。

「なんねぇな。勇者は国にとって有益だし、精霊が魔物化するのは人の住まない遠い土地って考えだろ。辺境にいるこっちとしては飯のタネだし」

「そう言えるのはディノッソが強いからだ。俺なんかは強い魔物が増えるのは肝《きも》が冷える」

レッツェ様が、恐れている様子もなくおっしゃいます。

「勇者は神を育てると言われ、実際、強大な風の神の影響はこの世界に今も色濃い。ちょっとやそっとでは国もそこに住む国民も手放すことはしないでしょう」

私の方からジーン様に補足を少々。

「ニーナは真面目にそのチェンジリングをなんとかしたいらしいが、外から聞こえてくる噂を合わせると、ローザとやらは退治を建前に王都に乗り込んで王族を引きずりおろしたいんだろうな。だが、もう少し勇者たちがやらかさないと、建前としちゃ弱い」

今回バルモアの元に来たニーナという女性は、パーティーの中心メンバーですが、それでも意思統一はできていないようです。

「チェンジリングを早いうちになんとかしときたいとこだろうが、国の自業自得なところがあるからな。今はエンに絡まれるのは避けたいし」

「愛する人って言うくらいだから、見ればいちゃいちゃしててわかんねぇのかね？」

レッツェ様が問いかけます。

「勇者の世界の関係が由来だったり、望み通りに変化した関係だったりで、外から見た印象は当てになんねぇんだわ。んで、今回のカップル2組、兄妹・姉弟の2組だとさ」

答えるバルモアは、その国の近くにいたことがあるので知っているのでしょうが、勇者の噂には伏せられている部分が多いのです。

「あ、それ弟が偽《にせ》」

いきなり言い切るジーン様。

「いや、でも姿どころか性別が変わることもあり得るか。やっぱり見ないとわからないかな」

そしてすぐに否定。

「忘れてくれ。近づく気はないからわからん。無意味だった」

手持ちのカードに視線を戻すジーン様。

「名前はハルカ、ヒサツグ、ユカ、ジンだそうだ」

レッツェ様はどうやってその情報を知ったのでしょうか？

「あー。確定確定」

「――勇者召喚は、4人喚《よ》ばれた、で合ってるか？」

ジーン様を見たまま、カードを替えるバルモア。

「勇者は3人、俺は巻き込まれ」

「能力的には同等ということでしょうかな？」

また軽く、酷いカミングアウトをされましたが、私もようやく慣れたようです。

「さあ？　俺はものを作る方に全振りだし、祝福を受けた神も違う」

「かつて魔の森にリシュという神がいてだな……」

レッツェ様、怖いことを思い出さないでいただきたい。

「戦闘スキルに傾いてたらお前より強いのかよ……。戦い方に慣れる、育ててる神が強くなる前に倒さないとやばいんじゃね？　よっぽどのことがない限り、勇者のチェンジリングは勇者によって守られるって聞くぜ？」

「ジーン様は勇者たちを放っておかれてもよろしいので？」

巻き込まれたということは、ジーン様が勇者をご存知である可能性がございます。

「そもそも世界は、勇者が早々に自滅しても強くなってもいいようにできてるっぽいし」

そう思ったのですが、勇者そのものには興味が薄いのでしょうか？

「まあ、3、4人でガラッと世界変えられても困るけどよ。フルハウス」

「勇者は世界の安定のために喚ばれるって聞く割にゃ、毎度なんか起きてる伝承が残ってるな。フォーカード」

「大神《たいしん》となられた風神ランダーロは姿を消しましたな。ストレートでございます」

私の勝ちでございますかな？

「安定は暮らしのため、じゃなくて精霊の、だな。精霊が偏ると人の生活に影響が出るから一緒だけど。精霊が増えすぎたり属性が偏ると一極化が進む。勇者が精霊を消したり強くしたりするのは、一極化で息が詰まる前に換気するようなものなんだろ。——ロイヤルストレートフラッシュ」

「ああっ！　おま、ここで最強揃えるとかやめろ！　あと換気とか言うな、換気とか」

「煙突が詰まると、部屋の空気が体に悪いものに変わると聞きますが……」

私も、対象の部屋の煙突を塞いだことがございます。

「ノートは真面目に考察始めるな」

「身近なものに例えられると、世界規模の問題がいきなりハードル下がるな。お前、強く見せたいならその辺なんとかした方がいいぞ」

「小難しいことを喋れということか……」

少し考えるような仕草をされるジーン様。

「まああれだ。全部の属性の精霊が平均的に増えて、物も増えれば問題ないっぽいけどな」

そしてすぐに思い直したようで、普通に話されます。

「なんか悪い顔してるな？」

「気のせいです」

レッツェ様に見つめられて、ジーン様が目を逸らします。

「局所的にはた迷惑ではあるが、放置しといた方がいいってことか」

「直接的な被害がない限り関わらない方がよさそうですな」

初めて聞く情報もあり、勇者の見方が少々変わりました。

「最初のディノッソの結論に戻っただけだろ」

ジーン様はなんでもないことのようにおっしゃいます。

「戻ったけど、色々知らなくていい知識が確実に増えたからな？　特に巻き込まれ野良《のら》勇者の情報は、俺ら3人、胃薬を買う話になりそうだからな？　1人で涼しい顔しない！」

「イタタタタ」

——やはり少しレッツェ様を見習いたいところでございます。


その後も、色々ございました。

「おい、ノート！」

色々ございましたが、これはございません。これはございませんでしょう？　なぜ、王の枝を持ってらっしゃるんですか！

王の枝というのはそのように軽いものではなく、ノリよく話すものでもなく、気軽に持ち歩くものでもなく——。だいぶ見てくれも扱いも異なり、違うと信じたい。信じたいのですが、ジーン様が手にするコンコン棒が王の枝であるのは、先ほど伺った話が示しています。

「まさかお前、コンコン棒くれたのって、湖に生えた白く輝く木からだったりするのか？」

レッツェ様は聞き出すのがうまく、ジーン様の扱いにかけては私やバルモアより上です。

「ああ。金色で白く輝く花、いや白くて金色に輝く花が咲いてるやつ」

「ああもう、精霊の木じゃねぇかよ!!」

ジーン様とレッツェ様の会話は決定的で、もう認めざるを得ません。

「……王の枝」

「待て、待て。冷静になれ、これが王の枝だったら困る！」

バルモアもようやく思い至ったらしく、慌てた声を上げております。ええ、それが王の枝でしたらとても困ります。私の心情が、過去が。

「王の枝？」

「おう！　試練を越えた奴に与えられる、オレは王が求める枝だ！」

追い打ちのように枝が宣言するのは、勘弁願いたいのですが。しかもジーン様、王の枝がなんたるかわかっておられませんね？

「……王の枝があると、精霊が生まれやすく、集まりやすくなんだよ。勇者召喚をやったシュルムトゥスが大国として揺るぎないのは、そいつがあるせいだ」

レッツェ様が私の隣に座り込んだ気配がします。

「あ〜。勇者たちが無茶な魔法使ってるっていうのに、精霊が移動しないのはそのせいか」

ジーン様、もう少し重く受け止めていただけませんでしょうか……。

「ついでに申し上げますと、今では少なくなっておりますが、『精霊の枝』は正式には、王の枝から小枝をもらいうけ、安置した場所でございます……」

本当に、国にとって、暮らす人々にとって重要な枝なのでございます。

「伝説じゃあ、王のために枝を求めた者には問いかけがあるって話だが。なんて答えたんだ？」

誓いが破られ、エミール様の手の中で崩れ落ちた枝。

「問いかけ？」

「精霊の木が問い、求める者が誓うのは理想。その理想を違えると王の枝は消えてしまうと言われます……」

あの時、エミール様が精霊樹に誓ったことは——。

私が思い出していると、ジーン様がこうおっしゃいました。

「えーと。直径4センチ、長さは3メートル」

アッシュ様、貴方様と貴方様の想い人を守るつもりでおりますが、少し自信が揺らいでおります。

◆島の地図◆

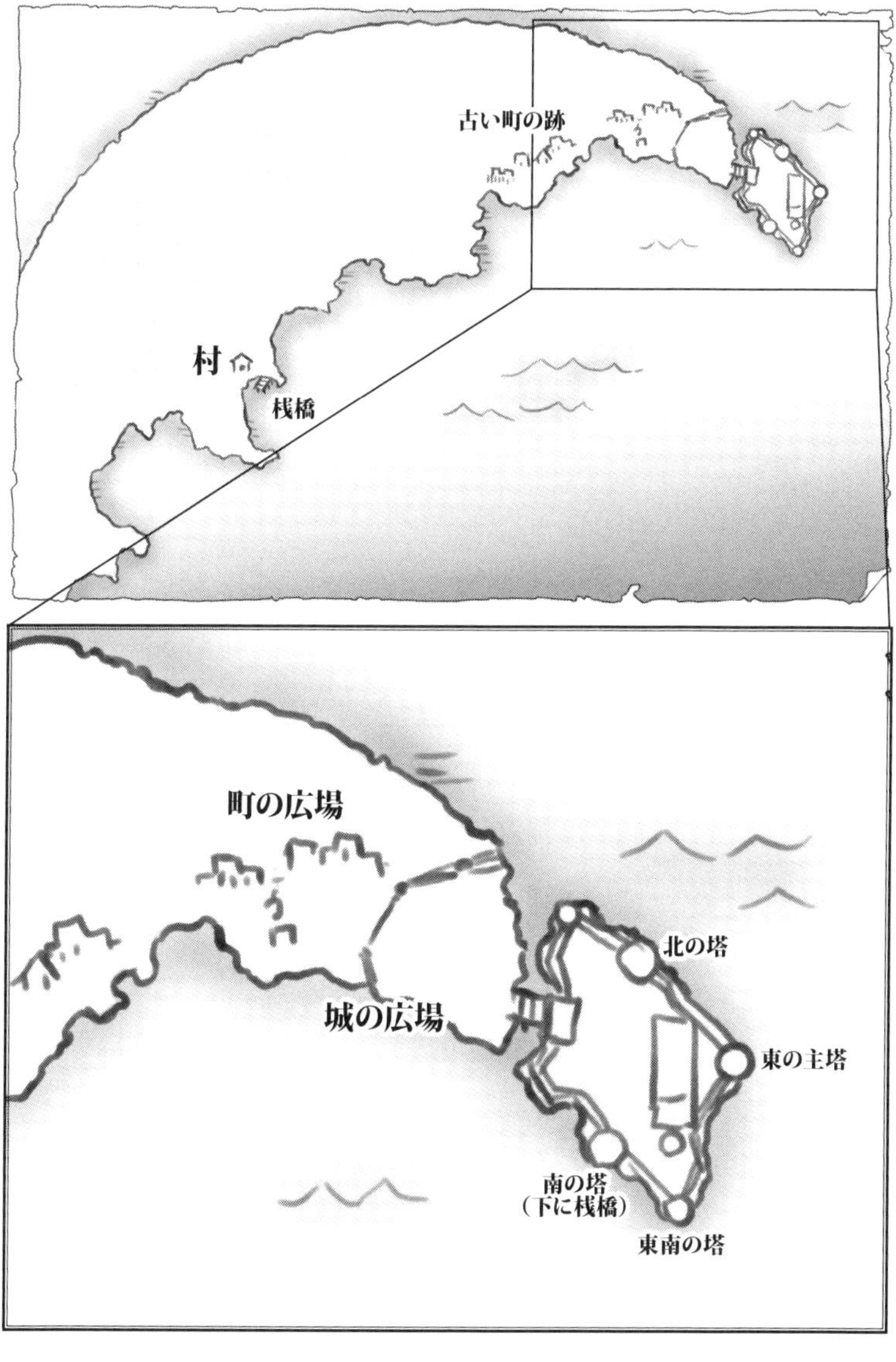
古い町の跡
村
桟橋
町の広場
北の塔
城の広場
東の主塔
南の塔
（下に桟橋）
東南の塔

あとがき

こんにちは、じゃがバターです。

転移したら山の中だった、4巻をお送りいたします。

今回の岩崎様の美しいイラストはジーン、アッシュ、執事、レッツェ、大福。何気に大福2度目の登場！　大福も含めてヒゲ率の高い表紙となっております。でも美しい。

今年3月からは蔦屋空様によるコミカライズ連載も始まっておりますので、そちらもぜひ！

3巻では綺麗で爽やかな香り付きのポストカードをつけていただき、4巻でも「もっと！山の中フェア」を開催してくださっているツギクル様に感謝いたします。あと私の粗相が原因の調整をしてくださる編集さんに！　――今回は書式の文字数を間違えていたらしく、巻末書き下ろしが長くなるという粗相を……。執事の話がやたら長いのはそのせいです。どおりで書き終わらない。

今回は、ジーンの物作りに精霊が積極的に参戦、結果ひどいことに。ジーンも世界も最初の始まりとは印象がどんどん変わっていきますが、ジーンの見方と関わり方が変化しただけで、同じ世界です。同じ世界なんですけどね？

ジーンの「普通」に振り回され、だんだん引きずりこまれている面々をお楽しみください。

ジーン：普通ですよ、普通。

ディーン：どこがだよ！

クリス：ジーンの普通は美しい、いいと思うよ！

執事：普通の定義をお伺いしとうございます。

アッシュ：……ジーンの普通には精霊の普通が含まれているのだと思う。

ディノッツォ：含めないで!?

レッツェ：ジーンは順応性が高すぎるんじゃね？

最後に、このあとがきを読んでくださっている書籍を手にとってくださった方々に感謝を！

じゃがバター

2021年卯月吉日

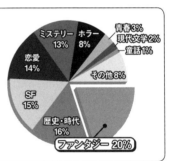

おばちゃん（？）聖女、我が道を行く
～聖女として召喚されたけど、お城にはとどまりません～
著 実川えむ
イラスト 那流
双葉社でコミカライズ決定！
異世界の旅って、
いくつになっても楽しい!!
病院で夫に看取られながら死ぬはずだった遠藤美佐江47歳。
気付くと、異世界に聖女として召喚されました。
神様曰く、本当は転生するはずだったようで、少女の見た目に変えてもらうことに。
見た目は12歳、中身はおばちゃん。
仕方がないので、異世界で二度目の人生を謳歌します！
おばちゃん聖女の異世界冒険ファンタジー、いま開幕！
定価1,320円（本体1,200円＋税10%）
ISBN978-4-8156-0861-3
ツギクルブックス
https://books.tugikuru.jp/

2021年7月、
最新8巻
発売予定！
もふもふを
知らなかったら
人生の半分は無駄
にしていた
1～7
著／ひつじのはね
イラスト／戸部淑
冒険あり、癒しあり、笑いあり、涙あり
もふもふたちに囲まれた
異世界スローライフ！
第7回
ネット小説大賞
受賞作！
KADOKAWA
「ComicWalker」で
コミカライズ
好評連載中！
魂の修復のために異世界に転生したユータ。
異世界で再スタートすると、ユータの素直で可愛らしい様子に
周りの大人たちはメロメロ。
おまけに妖精たちがやってきて、魔法を教えてもらえることに。
いろんなチートを身につけて、
目指せ最強への道？？
いえいえ、目指すはもふもふたちと過ごす、
穏やかで厳しい田舎ライフです！
転生少年ともふもふが織りなす
異世界ファンタジー、開幕！
定価1,320円（本体1,200円＋税10%）
ISBN978-4-8156-0334-2

悪役令嬢は旦那様と離縁がしたい！
～好き勝手やっていたのに何故か『王太子妃の鑑』なんて呼ばれているのですが～
著 華宮ルキ
イラスト 紫藤むらさき
双葉社でコミカライズ決定！
自由気ままにやっていた私が、王太子妃の鑑!?
目指すは離縁して田舎暮らしのはずなのに…
乙女ゲーム『キャンディと聖女と神秘の薔薇』の世界で前世の記憶を取り戻したりかこは、
気づけばヒロインと敵対する悪役令嬢アナスタシアに転生していた。
記憶が戻ったタイミングはヒロインが運悪くバッドエンドを迎えた状態で、乙女ゲームの本編は終了済み。
アナスタシアは婚約者である王太子とそのまま婚姻したものの、夫婦関係は冷めきっていた。
これ幸いとばかりに王太子との離縁を決意し、将来辺境の地で田舎暮らしを満喫することを
人生の目標に設定。しばらくは自由気ままにアナスタシアのハイスペックぶりを堪能していると、
なぜか人が寄ってきて……領地経営したり、策略や陰謀に巻き込まれたり。
さらには、今までアナスタシアに興味が薄かった王太子までちょっかいを出してくるようになり、
田舎暮らしが遠のいていくのだった——。
バッドエンド後の悪役令嬢が異世界で奮闘するハッピーファンタジー、いま開幕。
定価1,320円（本体1,200円＋税10%）
ISBN978-4-8156-0854-5

没落貴族の俺が
ハズレ(?)スキル『超器用貧乏』で
大賢者と呼ばれるまで
カクヨム
書籍化作品
著 八神 凪
イラスト リッター
「器用貧乏」それはなんでも器用にこなせるけど、
どこまでも中途半端なハズレスキル？
いや、『超』器用貧乏なので
百年に一度の当たりのスキルです！
双葉社でコミカライズ決定！
不慮の事故によって死亡した三門英雄は、没落貴族の次男ラース＝アーヴィングとして異世界転生した。
前世で家族に愛されなかったラースだが、現世では両親や兄から溺愛されることに。
５歳で授かった『超器用貧乏』はハズレスキルと陰口を叩かれていたが、家族は気にしなかったので
気楽に毎日を過ごしていた。そんなある日、父が元領主だったことを知る。調査を重ねていくうちに、
現領主の罠で没落したのではないかと疑いをもったラースは、両親を領主へ戻すための行動を開始。
ハズレスキルと思われていた『超器用貧乏』もチートスキルだったことが分かり、
ラースはとんでもない事件に巻き込まれていく――。
ハズレスキル『超器用貧乏』で事件を解決していく没落貴族の奮闘記、いま開幕！
定価1,320円（本体1,200円＋税10%）　ISBN978-4-8156-0855-2
ツギクルブックス
https://books.tugikuru.jp/

薬屋経営してみたら、利益が恐ろしいことになりました
～平民だからと追放された元宮廷錬金術士の物語～
著 まいか
イラスト 志田
双葉社でコミカライズ決定!
効果抜群のポーションで
行列が絶えないお店は
連日大繁盛!
錬金術の才能を買われ、平民でありながら宮廷錬金術士として認められたアイラ。
錬金術を使った調合によって、日々回復薬や毒消し薬、ダークポーションやポイズンポーションなどを
精製していたが、平民を認めない第二王子によって宮廷錬金術士をクビになってしまう。
途方に暮れたアイラは、知り合いの宿屋の片隅を借りて薬屋を始めると、薬の種類と抜群の効果により、
あっという間に店は大繁盛。一方、アイラを追放した第二王子は貴族出身の宮廷錬金術士を
新たに雇い入れたが、思うような成果は現れず、徐々に窮地に追い込まれていく。
起死回生の策を練った第二王子は思わぬ行動に出て――。
追放された錬金術士が大成功を収める異世界薬屋ファンタジー、いま開幕!
定価1,320円（本体1,200円＋税10%） ISBN978-4-8156-0852-1
ツギクルブックス
https://books.tugikuru.jp/

ツギクルブックス

愛読者アンケートに回答してカバーイラストをダウンロード！


愛読者アンケートや本書に関するご意見、じゃがバター先生、岩崎美奈子先生へのファンレターは、下記のURLまたは右のQRコードよりアクセスしてください。

アンケートにご回答いただくとカバーイラストの画像データがダウンロードできますので、壁紙などでご使用ください。

https://books.tugikuru.jp/q/202105/yamanonaka4.html

本書は、カクヨムに掲載された「転移したら山の中だった。反動で強さよりも快適さを選びました。」を加筆修正したものです。

異世界《いせかい》に転移《てんい》したら山《やま》の中《なか》だった。反動《はんどう》で強《つよ》さよりも快適《かいてき》さを選《えら》びました。4

2021年5月25日　初版第1刷発行

著者　じゃがバター

発行人　宇草 亮
発行所　ツギクル株式会社
〒106-0032　東京都港区六本木2-4-5
TEL 03-5549-1184
発売元　SBクリエイティブ株式会社
〒106-0032　東京都港区六本木2-4-5
TEL 03-5549-1201

イラスト　岩崎美奈子
装丁　株式会社エストール

印刷・製本　中央精版印刷株式会社

ISBN978-4-8156-0846-0
Printed in Japan